野いちご文庫

クズなケモノは愛しすぎ

吉田マリィ

STARTS
スターツ出版株式会社

目次

第一章
お世話係の私 6
死ぬほど大切な女? 31
もう、逃げねぇ 49
葵が欲しい 77
第二章
お世話係卒業 108
もうひとりの幼なじみ 123
こんなに好きなのに 137
戸惑いのモテ期 141
ケリがついたら 165
思い出と約束 170
第三章
めちゃくちゃ愛しいよ 182

付き合うって何!? 210
果たし状、そして甘い放課後 224

第四章
ボディガード!? 250
波乱の夏祭り 280
素直になった、その先は 296
ついにふたりは 300
初めての甘い夜 317
愛の重さ 327

番外編
これからもずっと 338
小説版限定　描き下ろし漫画 362
あとがき 364

女の子なら誰《だれ》だって、素敵な恋《こい》をして心も身体も好きな人と結ばれたいって思うの。

でもね――それは蒼真《あんた》じゃないんだよ。

「葵《あおい》……キスしていい？」

「え……？　何ふざけたこと言って……っ」

「じゃあ、エッチする？」

女子なら来るもの拒まずの幼なじみ――蒼真《そうま》が迫《せま》ってきた。

クズなケモノから逃《に》げ惑《まど》う日々。

だって蒼真のことは好きだけど、そういうんじゃない。

そう思っていたはずなのに――。

「ノリでも勢いでもなく……葵が欲しい」

切なげに囁く蒼真の腕を、なぜか振りほどくことができなくて――。

第一章

お世話係の私

「え⁉　マキ今合コン行ってるの⁉　なんで私も誘《さそ》ってくれないの⁉」

《だって葵は、晩ごはん作りで来られないでしょー⁉》

私——来栖《くるす》葵は、夕飯を作りながらハンズフリーで親友のマキに電話をすると、思いがけない返答に膝《ひざ》から崩《くず》れ落ちるかのような感覚に襲《おそ》われた。

また貴重な出会いの機会をひとつ失ってしまった……。

しかも、晩ごはん作りなんて女子高生っぽくない理由で……。

「ば、晩ごはん作りって、そんなのどうでもいいから！　出会いがないと恋もできないでしょ⁉　次は絶対に誘ってよ！」

そこまで言ってエビチリに使う豆板醤《とうばんじゃん》のフタを開けようとした時、背後から不穏《ふおん》な気配が忍《しの》び寄ってきて……。

「なに言ってんだ、あお」

呆《あき》れたような声が放たれたと同時に、ガシッと長い腕《うで》が肩《かた》に回される。

「きゃっ！　ちょ、ちょっと何⁉」

突然《とつぜん》のことに声が裏返り、豆板醤を落としそうになる。

「あおには、俺《おれ》の晩メシ作りっていう合コンより大事な役目があるだろうが」

「なんですって！　蒼真！　服ぐらいちゃんと着なさいよ！　いつも言ってんでしょ！」

高校生になったころは、恋して彼氏《かれし》を作って……そんな夢を見ていた時もあった。

だけど高校三年生になった今も、私は恋する乙女《おとめ》どころか、こいつ――お隣《となり》に住む幼なじみ、暁《あかつき》蒼真のお世話係だ。

しかも、風呂《ふろ》上がりの蒼真は上半身裸《はだか》で登場。

《あ、もしかして蒼真くんの登場？》

「マキ、聞いてよ！　こいつってば上半身裸で――」

「ほら、電話してないでさっさと支度しろよ、俺は腹が減ってんだよ」

「えらそうに……。　毎日夕飯を作ってやってんだから、感謝ぐらいしたらどうなの？」

「裸エプロンで作ってくれるってんなら、感謝してやるけどなぁ」

「う、うるさい！　この変態！　マキ、このケダモノをどうにかして！」

《……葵――なんだか忙《いそが》しそうだし、私も合コン戻《もど》るから電話切るねー》

「あっ、ちょっとマキ待ってよ……」

プツンと切られる電話。

「どうしてくれるのよ……蒼真のせいでマキに電話を切られちゃったじゃない」

「向こうだって合コン中だったんだろ？　そんなことより、さっさと夕飯の支度しろ」

電話の邪魔《じゃま》をしといて、なんでこんなにえらそうなの⁉

しぶしぶ料理を再開させると……。

――プルルルル。

鳴ったのは蒼真のスマホだった。

「環《たまき》？　何？」

目の前にいる私に断りもなく、何食わぬ顔で電話に出る蒼真。

たまき？　絶対に女の子だよね。

「あ～ごめん。明日は先約あるから無理だ。うん、またな」

何、その甘《あま》い声。私と話す時とは大違《おおちが》い！

「蒼真こそ女と電話してないでさっさと服を着てきてよ！」

私は、電話を切った蒼真を再び睨《にら》みつける。

「なんだヤキモチか？　俺の裸なんか見慣れてるくせに、今さら恥《は》ずかしがんなよ。

なんなら下も脱《ぬ》ぐけど」

「気持ち悪い言い方しないで！　早く着てよ」

――プルルル。

すると、再び蒼真のスマホが鳴る。

「なんだよ、次は美佳《みか》か？」

『次は』って何？

「悪い、ちょっと取り込《こ》んでてさ」

また女の子か……。

「今から会いたいって言われても今日は無理だわ。もう風呂入ったし」

こ、こいつ！

人に夕飯を作らせといてこの女タラシめ……っ。

私だって恋したいし彼氏も欲しいのに。

たまには私に感謝して、ケーキぐらい買ってきてよ。

もうっ！

あっ、やばい。

ちょっと豆板醤を入れすぎちゃった。

ま、いっか♪

怒りにまかせてエビチリを作っていたから、ちょっと辛味が効きすぎてしまったかもしれない。

でも、どうせ蒼真しか食べないし、私は早く家に帰って、学校帰りに買ってきた人気カフェのハンバーガーを食べるんだ！

そう思いながら、フフフ～ンと食事を器に盛りつけ、シンクを片づけ始めた。

隣の家に住む蒼真とは、生まれた時から一緒《いっしょ》に育ったようなもので、親同士も仲良しだった。

うちはお父さんが小三の時に病気で亡くなっていて、看護師のお母さんとふたり暮らし。女手ひとつでビシバシ厳しく育ててくれたおかげで、家事全般《ぜんぱん》はできるようになったというわけ。とくに、料理は得意。

ただ、早くに父を亡くしたせいか、娘《むすめ》ひとりを部屋に残して夜勤に行くのが心配で仕方ないらしい。でも、人手不足で夜勤は増加。最近は何かと物騒《ぶっそう》だし、年ごろの娘をひとりにして夜勤に行くのは気が引けるらしかった。

一方の蒼真は、両親が仕事で海外にいることが多く、隣の家でひとり暮らし中。

そして、料理も掃除《そうじ》も不得意。

そこで、もともと面倒《めんどう》見がよくて蒼真を息子同然に思っている母は――気づいてしまったのだ。

『お母さんが夜勤の日は、蒼《そう》ちゃんと一緒にいればボディガードにもなるし一石二鳥でしょ！』

そう……。自分が夜勤の日は、私が蒼真のお世話をすれば、蒼真にひとり暮らしの不自由さを感じさせることなく、かつ、私のボディーガードにもなると……。

さすがお母さん！と言いたいところだけど、私にとっては迷惑《めいわく》な話でしかない。

なんで高校生なのにロクに遊びにも行かずに、蒼真の面倒なんか見なきゃいけないの！

しかも……母は、私と蒼真がくっつけばさらに〝儲《もう》けもの〟と思っているらしい！

でも、母は私を育てるために夜勤もこなし、目一杯《めいっぱい》働いてくれているから文句なんてとても言えない。

――そして、今日も私が学校から帰ってくると、夜勤に出かけようとしていた母から、

「ちゃんと蒼ちゃんの夕飯作りに行くのよ！」

とクギを刺《さ》されてしまった。

蒼真の夕飯を作りに行くのが面倒くさいと、顔に出てしまっていたらしい……。

でも行かないとお小遣《こづか》い減らされるし、母には逆らえないから仕方がない。

しかも問題なのが、蒼真が色気ダダ漏《も》れなイケメンだってこと。

昔からモテモテで、来る者拒《こば》まずとっかえひっかえしまくりのクズなケモノ。

さすがに母には言えないけど、学校でも余裕《よゆう》でラブシーンを展開しちゃうようなヤツ。

今日だって、私は学校で見ちゃったんだから――。


『――はぁ、んんっ』

放課後、職員室に日誌を届けるため人気《ひとけ》がなくなった廊下《ろうか》を歩いていると、空き教室から苦しげな声が聞こえてきた。

なんだろう、と思いながら、そっとドアの隙間《すきま》から覗《のぞ》き見ると……。

え？　蒼真っ⁉

椅子《いす》に座った蒼真に、女の子が覆《おお》いかぶさるように抱《だ》きついていた。

しかも、ふたりは大胆《だいたん》に制服をはだけさせて何度も唇《くちびる》を合わせていて……。

深くて濃厚《のうこう》なキスに漏れ出る吐息《といき》。耳に届く、唾液《だえき》の混ざり合う音やリップ音。

蒼真が彼女《かのじょ》のきれいな黒い髪《かみ》をゆっくりとかき上げると、彼女の白いうなじがあらわになる。そして、その首元に顔を埋《うず》める蒼真。

『あっ……蒼真くん……っ。はぁ、んっ……』

……エ、エロい。

いや、恋愛《れんあい》初心者の私だからそう感じただけかもしれないけど、なんというかすごくエロくて……。

しかも、いつもの蒼真からは考えられないほど仕草や表情は優しげで……目が離《はな》せなくなった。

何あれ……。

今まで見たこともない〝相手が愛おしくてたまらない〟みたいな感じ。

――ハッ！

でも、すぐに我に返ると、ドアぐらいしっかり閉めとけよ！　と思いつつ、覗き見みたいに目撃《もくげき》してしまった私は、そのラブシーンに目を奪《うば》われながらも、すぐに気まずくなってその場を立ち去ったのだった。

お母さま！

こんなドエロな蒼真とふたりきりなんて、そっちのほうがむしろ危ないんですよ！

理想の高校生活を台無しにされてる上に、蒼真と夜にふたりきりなんて、いつか私の純潔まで汚《けが》されたらどうするのよ！　と気が気じゃない。

そんなの死んでもごめんだわ……っ！

だけど、そんな私にはおかまいなしに母は口を開くと、

『わかったわね！』

にらみを利《き》かせながらそう言って、出勤のため家を出ていった。

母強し！　というより恐《こわ》し！

ただでさえ少ないお小遣いを取り上げられちゃたまらないと、泣く泣くマンションの隣の蒼真の家へと出勤する私。

私も蒼真も家族同然な生活をしてるから、お互《たが》いの家のカギは持っている。

そして、蒼真が早く帰ってきている時は、ふたりでごはんを食べることもある。

ただ単に、別々に料理をするのが面倒だからだ。

いきなり部屋に入って、あのエロモテ蒼真がラブシーンを展開してたらどうしよう！　と毎回心配になるんだけど、今までに一度もそんな場面に出くわしたことはない。

それどころか、蒼真が彼女らしき女の子を家に連れてくるのも見たことがなかった。

なんでだろう？

でも、蒼真が女をとっかえひっかえしようが、家に連れてこようが、私には関係ないし、どうでもいいこと。

それなのに――。

「あおっ！」

「えっ⁉」

ボーッと考え事をしながら洗い物を終えてテーブルに料理を運ぶと、蒼真に名前を呼ばれて我に返る。

「むうっ！」

次の瞬間《しゅんかん》、背後から抱き寄せられ、むぎゅッと両頬《りょうほほ》をつままれた。

電話が終わって服を着たのか、Tシャツ越《ご》しに感じる蒼真のぬくもりにドキッとしてしまった。

「ボーッとしてんじゃねぇよ」

「ちょ、ちょっと離れて！　いちいち近すぎ」

今日の放課後のことを思い出したせいで、変に意識してしまう。

ドキドキしてしまったのを悟《さと》られまいと、蒼真を押《お》しのける。

「お、うまそうじゃん！」

そんな私に気づくことなく、ダイニングチェアーに座りながらのんきな声を上げる蒼真。

「じゃ、適当に食べてね。私は帰るから」

「食べていかねぇの？」

「今日はエビチリな気分じゃないの。蒼真はエビチリ好きでしょ？　多めに作ったから好きなだけ食べなよ」

ふふん。激辛《げきから》のエビチリに、ひとり悶絶《もんぜつ》すればいい！

私には、とってもおいしい人気カフェのハンバーガーが待ってるんですよー。

なんて心の中で悪態《あくたい》をつきながら部屋を出ていこうと蒼真の横を通りすぎると、グイッと腕を掴《つか》まれる。

「待て」

「ひゃっ」

何するのよ⁉　早く帰りたいんですけど！

だけど、さらに引っ張られて下から顔を覗き込まれた。

「…………」

無言のまま上目づかいでじっと見つめられ、バチッと視線が絡《から》み合う。

――ドキン。

鼓動《こどう》が激しくなり、一瞬《いっしゅん》にして顔に熱が集まるのがわかった。

「な、何……っ⁉」

だけど次の瞬間、蒼真の表情は何かに気づいたような笑みに変わる。

さては……気づいたか？

蒼真は意外と勘《かん》がいい。

勘がいいから、気に入った女の子をモノにするのは百発百中なんだと、以前訳のわからないことを言っていたような気がする。

「さては、エビチリ失敗したな？」

ギクーッ！

「なっ、なぜそれを！」

失敗というか、ちょっと手が滑《すべ》って豆板醤を多く入れちゃっただけだけどね！

いつもより、ちょっと辛いくらいで味は問題ないって。

「……やっぱりな。責任とってあおも食ってけ」

「わ、私は家にハンバーガーがあるしっ」

「は？　俺に毒見させせんのか？　ほら食え」

すると、口元に箸《はし》でつままれたエビが差し出され、

「うっ、だからいらない……って、むぐっ！」

再び断ろうとしたところで、口の中にエビが放り込まれた。

あれ⁉

「うまっ！　ちょうどいいピリ辛味！」

辛いけど……おいしい！　本格的かも⁉

「お……たしかにウマいな。うん、これくらい辛くてもいいかも」

「さすが私！」

「は？　料理の腕だけだろ」

「うるさい。いつも一言余計なの！」

カチンと来た私は、テーブルの下にある蒼真の脚《あし》をゲシッと蹴《け》る。

「ふはっ！　わりーわりー。マジでウマいって」

だけど、蹴られた蒼真は、何が面白いのか顔をくしゃっとさせて笑い出した。

普段《ふだん》は工口くて危険な雰囲気《ふんいき》しか漂《ただよ》わせていないのに、笑った時の顔は小さいころのまま。

目が細くなって、無邪気《むじゃき》でかわいいんだよね……。

そんなこと、絶対に言わないけど。

今日キスしていた子にも、こんなふうに笑いかけるのかな……？

って、何を考えてんだ、私は！

それから約三十分後――。

結局、蒼真に言われるがまま夕飯を一緒に食べ、後片づけを終えた私。

一方の蒼真は、ダイニングでスマホをいじっている。

まったく、後片づけすら手伝ってくれないなんて！

私、本当に家政婦じゃん。

「じゃあ、帰るね」

ハンバーガーは冷蔵庫に入ってるし、明日にでも食べるかー。帰ったらシャワーを浴び恋愛もののドラマでも見よう。

なんて思いながら蒼真の横を通りすぎながら声をかけると、

「ダメだ」

今度は手を握《にぎ》られた……。

えっ⁉

「なんでよ、いつも片づけが終わったら帰ってるじゃん」

思わず足を止めて蒼真に目を向けると、いつもより真剣《しんけん》な表情で蒼真がこちらを見ていた……。

――トクン……。

だから、そんな真剣な顔で見つめるのやめてよ……。

胸のドキドキを誤魔化《ごまか》すように、ふいっと顔を逸《そ》らす。

「は、離してよ」

「……嫌《いや》だ」

「はぁ？」

ムッとして蒼真を見ると、蒼真が不敵な笑みを浮《う》かべながらゆっくりと口を開いた。

「……今日は、あおと一緒に寝《ね》たい気分」

――はぁぁぁぁ～～～～!?

「な、なに言ってんの……」

突然のことに声を上ずらせながらも、蒼真の手を払《はら》いのける。

ところが……。

――グイッ。

「えっ!?」

再び手を掴まれて抱き寄せられたかと思ったら、体がふわっと宙に浮いた。

そしてポスッと収まったのは、なんと蒼真の腕の中。そして、目の前には蒼真の顔。

これって、もしかして〝お姫様抱《ひめさまだ》っこ〟ってやつ!?

「ちょ、ちょっと!?」

「もう寝るぞ。昨日遅《おそ》くて眠《ねみ》ぃんだよ」

「離して！」

「うるせーな、暴れんなよ」

「ねぇ、蒼真！　本当に離してってば！」

「ふわぁ～。ねみぃ～」

バタバタ暴れる私を無視して、呑気《のんき》にあくびをしながら寝室《しんしつ》へと歩き出す蒼真。

待って！　本気なの？

なんで私が、蒼真みたいなケモノと一緒に寝なきゃいけないの⁉

そう思うのに、全身が熱くなり、ドッドッドッドッと心臓が暴れ出す。

「一緒に寝るって、添《そ》い寝なら彼女に頼《たの》みなさいよ！」

「は？　付き合ってるヤツなんかいねーよ」

え？　今日、学校でキスしてた子は彼女じゃないの？

やっぱりこいつって、最低……！

──ドサッ。

そう心の中で悪態をつくも、抵抗《ていこう》する間もなくベッドに寝かされる。せめてもの抵抗で横になった瞬間、後ろからぎゅっと抱きしめられた。

ううっ、苦しい。

――「私は抱き枕《まくら》じゃないんだから！」

そう言おうとした時だった。

「すーすー……」

心地よい寝息が背後から聞こえてきたのは。

そして、背中からじんわり伝わってくる温かさ。

寝たの？　この一瞬で？　早すぎません？

チャンス！　と思って抜《ぬ》け出そうとするけど、肩と腰《こし》に回された腕にしっかりとホールドされて、腕をほどこうとしてもビクともしない。

すごい力……。

しかも、本当に抱き枕にするなんて！

抱き枕役を喜んで引き受けてくれる女の子なんかいくらでもいるくせに、よりによって、なんで私なの？

結局、誰でもいいってこと⁉

このケモノ、本当にサイテーなんですけど。

心の中でそんな悪態をつきながらも、全身がポカポカしてきて徐々《じょじょ》にウトウトし始めた瞬間――。

「痛《いた》――っ‼」

私の絶叫《ぜっきょう》によって破られる静寂《せいじゃく》。

ものすごく痛くて、涙目《なみだめ》になって飛び起きると、なんと蒼真が私のうなじに噛《か》みついていた。

「ちょっと！　何してるのよ！」

「あ……？」

「今、噛みついたでしょ⁉」

寝ぼけた顔で私を見ていた蒼真が、私の絶叫によって段々と覚醒《かくせい》し、やばいっという顔をした。

そして、完全に目が覚めたのかガバッと上体を起こして焦《あせ》り始める。

「えっ！　悪《わり》ぃ。大丈夫《だいじょうぶ》か？」

「このケモノがっ！　本当に痛いんだけど」

痛くてヒリヒリするうなじを押さえながら、涙目で抗議《こうぎ》すると、

「ごめんごめん、マジでごめん」

珍《めずら》しく素直に謝ってくる蒼真。

シュンとして落ち込んでいる蒼真を見るとちょっとかわいそうにもなるけど、私のほうがかわいそうなので、情けはかけないことにした。

「も～！　どんな夢を見たら、人のうなじに噛みつくの？」

「――好きな女を襲う夢」

「はぁ!?」

思ってもみない返答に呆れて蒼真を見る。

「別にいいだろ、夢の中で何しようが俺の自由だろうが」

そうかもしれない、そうかもしれない……けど！

クズなケモノ……いや、変態かもしれない……なんて思いながら。

どんなに顔がよくて女の子たちが夢中になってても、私にとってはただの変態だ！

「蒼真に好かれた女の子が、かわいそすぎるわ」

こんなケモノに好かれるだけでも大変な上に、毎晩のように噛みつかれたら身がもたない。蒼真の彼女になるであろう女の子に、心の中で〝ご愁傷様《しゅうしょうさま》〟と手を合わせる。

「かもなー。でも、その女、俺の気持ちにまったく気づいてねぇの」

「へぇ～、蒼真でも落とせない女子がいたんだ」

すると、ふいに蒼真が微笑《ほほえ》んで――。

「でも、死ぬほど大切な女だから、これからゆっくり落とす予定」

とても楽しそうな口調で言った。

──トクン。

その顔は、思わず見とれてしまうほど色気ダダ漏れ&甘々《あまあま》で、気のせいか、蒼真のまわりがキラキラしていて眩《まぶ》しい。

その子のことが本当に好きだってことが伝わってきた。

ふーん、何その顔。

でも、こいつにも誰かを大事にする心があってよかったよ。

そんなに好きな子なら、抱き枕役を頼めばいいのに。

「まぁ、せいぜい頑張《がんば》りなよ」

「ああ、言われなくてもそうする」

なんか、すべてがバカバカしくなってきた。

「蒼真としゃべってると睡眠《すいみん》時間が減るから、もう寝る」

そう言い放って寝ようとすると、肩に手が置かれた。

「てか、マジでごめん。キズ見せてみろ」

「いっ、いいってば。ほんと痛いから触《さわ》らないで……！」

思わず体をよじろうとした時だった──。

キズ口に濡《ぬ》れた生温かいものが触《ふ》れて、初めての感覚に体がビクッとなる。

「ひゃっ!? ちょっ、やっ……！　な、何してるの!?」

何、今の⁉

もしかして……舐《な》めた⁉

慌《あわ》てて蒼真のほうに顔を向けると、

「え？　消毒しただけだけど……」

と言って、きょとんとした表情を浮かべていた。

消毒って……。蒼真のほうが、よっぽど毒でしょ……。

「……んっ」

そう言いたいのに、ぞくぞくと這《は》い上がってくるような甘い痺《しび》れに声が詰《つ》まり、全身が熱くなる。なぜか、涙まで込み上げてきた。

熱い……。舐められたうなじが熱くてたまらない。

そんな私の顔を見た蒼真は、

「ヤベェ……あお、その顔反則……」

そう呟《つぶや》くように言うと、後ろから抱きしめてきた。

『反則』って何⁉

「えっ……！」

すぐに視界がくるりと反転し、蒼真が覆いかぶさってくる。

押し倒《たお》されたのだと気づいた途端《とたん》、頭の中が真っ白になった。

しかも、唇が触れてしまいそうな距離《きょり》に、息を吸うのも忘れてしまいそうになる。

色気ダダ漏れの蒼真は、まさにケモノ。

「ちょっ……」

私の左手を握る手に力がこもる。

どかそうにも、ビクともしない。

「葵……キスしていい？」

――ドキッ！

「え……？　何ふざけたこと言って……っ」

ドキドキしながらも、必死で声を絞《しぼ》り出す。

だって今、こいつってば『葵』って……。

普段は『あお』って呼ぶくせに、なんで急に。

しかも、こいつとキスなんてありえない！

「じゃあ、エッチする？」

「蒼真の×××、使いものにならないくらい蹴り飛ばすよ？」

「なら、選択肢《せんたくし》はキスしかねーだろ」

「な、なんでそうなるの⁉」

「あおが煽《あお》ったんだから、俺はもう止まらねぇ」

「わけわかんないんだけど！」

「あおのファーストキス、俺によこせ」

蒼真が熱っぽい瞳《ひとみ》で私を見つめる。

好きな子がいるのになんで⁉

やっぱり誰でもいいってこと？

「なぁ……ダメか？」

「………」

黙ったままなかなか返事をしない私に焦れたのか、まるで催促《さいそく》するように指で唇をなぞって触れてくる。

さらに、目の前には蒼真の怒ったような困ったような……切なそうな顔――。

そんな切なげな雰囲気出さないでよ……。

ダメダメダメ！

流されそうになるじゃんか！

そう思っていると、

――ちゅっ……。

「……っ！」

憂《うれ》いを含《ふく》んだ色っぽい瞳で私を見つめながら、そっと頬《ほほ》にキスが落とされた。

突然のことに体がビクッとなる。

そして、まるで愛おしいものを扱《あつか》うかのように私の髪に指を通し、存在を確認するように輪郭《りんかく》を撫《な》でた。

なんで、そんな顔で……そんな大事そうに……私に触れるの？

それに、気づいてる？

蒼真……手が震《ふる》えてるよ……？

心も体も、好きな男の子と結ばれたいって……蒼真とだけはごめんって……思ってる。

なのに……。

「じゃあ……キス」

諦《あきら》めてそう答えると、本気モードの蒼真がためらいなく覆いかぶさってきた。

そして、唇へのキスが落とされた瞬間、不覚にも私の体は……震えてしまった。

触れ合うだけのキスが何度も何度も繰《く》り返され、そのたびに「ちゅっ」というリップ音と私たちの吐息が、静まり返る部屋の中に響《ひび》き渡《わた》る。

壊《こわ》れそうなほどに、ドキドキと高鳴る鼓動。

蒼真に噛まれたうなじが熱を帯び始め、ジンジンしてくる。

——キスにのまれちゃダメ！

そう強く自分に言い聞かせて、唇から漏れそうになる吐息を我慢《がまん》しようとするけど、もうどうすることもできなかった。

振《ふ》りほどけない――。

ねぇ蒼真……『死ぬほど大切な女』がいるんじゃないの？

なんで、私なの？

そんな疑問をかかえたまま、私は途切《とぎ》れることのないキスの波に溺《おぼ》れたのだった。

死ぬほど大切な女？

クズなケモノのあいつ——蒼真とだけは結ばれるなんてごめんだ。

なのにファーストキスを与《あた》えてしまった——。

「お、おはようマキ……」

翌日、どんよりしながら学校に向かい、教室に入る。

そしてふらつきながら自分の席につくと、前の席に座るマキに声をかけた。

「なんか疲《つか》れてない⁉」

「いやぁ、朝まで眠《ねむ》れなくて一睡《いっすい》もしてなくてですね……はい」

ええ、疲れてます。疲れているんです！

そう思いながらも、勘のいいマキを誤魔化すように机に突《つ》っ伏《ぶ》す。

あいつとのことは、絶対に言えない！

「は？　なんで……！　てゆーか、うなじどうしたの？」

「‼」

ギクーッ！

マキの言葉にガバッと身体を起こし、慌ててうなじを隠《かく》す。

今朝、目が覚めると、アタシの首元の傷はファンデでは消えないくらい赤く腫《は》れていたので、湿布《しっぷ》を貼《は》って隠していたのだ。

「え⁉ ど……毒虫に刺された？ みたいな」

「は？ 毒虫⁉」

マキは怪訝《けげん》そうに見つめてくるけど、私は間違ったことは言っていない。

だって、ある意味〝あいつ〟は〝毒虫〟だもの。

突然、噛みついてきたかと思ったら傷口も舐めてきて……。

ふいに、昨晩の光景が蘇《よみがえ》り全身がカーッと熱くなる。

「あっ、蒼真くんおはよー♡」

「ぎゃっ！」

廊下から聞こえてきた蒼真の名前に、思わず身体をビクつかせ、カエルを踏《ふ》み潰《つぶ》したような声を上げてしまった。

「ちょっと、何⁉」

私の大きすぎるリアクションに、マキが驚《おどろ》きの声を上げる。

「ご、ごめんっ。なんでもないです」

焦りながらも、えへへと苦笑いして誤魔化す。

「それにしても、蒼真くんは相変わらずだねぇ〜」

マキの言葉に、廊下にいる蒼真のほうにチラッと目を向ける。

制服のシャツを第二ボタンまで開け、相変わらずのフェロモン垂れ流しオーラを放ちながら、優雅《ゆうが》に登校してきた蒼真。

「今日は私と遊んで〜〜」

「えー私もぉ〜〜」

蒼真がいるところには、甘い蜜《みつ》に群がる蜂《はち》のように、これまたセクシー全開の美女たちが集まってくる。

その様子をボーッと眺《なが》めていると、

「!!」

バチッと蒼真と目が合った。

――『葵、キスしていい――?』

今度は昨夜のキスが頭をよぎりかけ、

「うわーっ！」

思い出すな思い出すな〜〜！と自分に言い聞かせ、蒼真から目を逸らす。

「葵、マジで大丈夫!?」

「ははは、ダイジョブです」

呆れるマキに、苦笑を返す。

あのあと疲れきるまでさんざんキスされて、そのまま私を抱き枕にして寝ちゃった蒼真は朝まで離してくれなかった。

ドキドキしすぎて身体はヘトヘトでも、目がギンギンに冴《さ》えて眠れなかったのだ。

いつもの私なら蒼真に変なことされたらぶっ飛ばしていたけれど、昨日の蒼真は何か様子が違って……振りほどけなくてすべてを預けてしまっていた……。

おかげで、今朝目覚めた蒼真に『あお、眠気覚ましに一緒にシャワー浴びるか？』なんて言われたけど、

『私……先に学校行くから……』

ドキドキしすぎ&寝不足でぐったりしていた私は、まともな返事ができる状態になかった。

まぁ……キスかエッチかなんて、キスされるほうがマシだし。

そこまで考えた時、再び昨夜の光景がよぎりかけて焦る。

ダメだ、思い出すな！　流されてはいかーん！　と、自分の頬をバチンと叩《たた》いて気合を入れ直す。

唇は奪われちゃったけど、そもそも死ぬほど大切な女の子がいるようなヤツに心

も身体も奪われるなんて嫌だ！

「ちょっと葵、さっきから様子がおかしいけどどうしたの⁉」

マキにそう言われて、ハッと我に返る。

そうだっ！

蒼真の言う〝死ぬほど大切な女〟と蒼真がくっつけば、二度と私は手を出しされなくて済むのでは⁉と、ふいに名案を思いつく。

「マキ、私ってば天才かもしれない」

「はぁ？」

マキが呆れた声を出したと同時にＨＲが始まるチャイムが鳴り、担任が入ってきたのだった。


午前中の授業を終え、迎《むか》えた昼休み。

私はお弁当を食べながら、向かいに座るマキに、昨夜蒼真の抱き枕になったことを小声で話していた。

噛みつかれたこととキスされたことは、さすがに隠したけど……。

話を聞いて、大笑いするマキ。

まったくもう、他人事だと思って！

「でね、マキ。ここだけの話だけど、蒼真には〝死ぬほど大切な女〟がいるんだって」

「マジか！　取り巻きが知ったら、大変なことになるね」

「で、誰だと思う？」

「え〜⁉　いっつも違う子連れてるからわかんないよ〜」

「だよね。これは探しに行くしかないかな……。マキも来る？」

「は？　行くわけないでしょ。だって蒼真くんに興味ないも〜ん！」

私の誘いを笑いながら断るマキをジトッと見つめながら、早めに昼食を済ませた
私は、〝死ぬほど大切な女〟を探すため、隣のBクラスにいる蒼真を偵察《ていさつ》しに来ていた。

前側のドアから、そっと教室内を覗き見ると……。

「そーまくん♡」

「明日、遊ぼうよ〜♡」

蒼真のまわりには、案の定《あんじょう》セクシーな女子たちが群がっていた。

女子が多すぎて、〝死ぬほど大切な女〟が誰かわからない！

本当に、この中にいるのかな……？

じーっと目を凝《こ》らしていると、

――ガバッ！

「お、なーにしてんだ葵っ！」

「わっ⁉」

　急に背後から抱きつかれて、変な声を上げてしまった。

　驚いて振り返ると、

「雅也《まさや》に琉生《るい》……」

　蒼真のクラスメイトで、親友でもある雅也と琉生が立っていた。

　ふたりとは高校で知り合ったけど、私やマキとも仲がいい。

　雅也と琉生は同じ中学校の出身で、家も近いと言っていた。

「ちょっと、やめてよ！」

「まぁまぁ……。ん⁉　葵、意外といい身体してんのな⁉　70のCカップってとこか？」

「触んないでよ、このセクハラ男！」

　抱きついてきた雅也を押しのける。

「まったく……蒼真の親友だからって変態なところまで似ないでよね！」

「俺はなんもしてねーだろ。一緒にすんな」

　琉生がメロンパンを頬張りながらムッとした声を上げる。

「てか、うちの教室覗いて何してんの？」

　そして、私の怪《あや》しい行動を察知したのか琉生が尋《たず》ねてくる。

「えっ？　いや、まぁ偵察……ってとこかな」

「は？　なんだそれ、何を探ってんだよ」

私の返答に、興味津々《きょうみしんしん》な様子の琉生。

「なっ、なんでもいいじゃん……っ！　ほっといてよ」

「あっ！　もしかして好きな男でも眺めてんのか⁉　葵でもそんな乙女みたいなことすんのか！」

すると、私の言葉にテンションが爆上《ばく》がりしたらしい雅也が、興奮した様子で私の頭に手を乗せてきた。

「ち、違うから！」

あーあ、嫌なタイミングで雅也と琉生に会っちゃったな……。

蒼真が好きな子をガン見でもしといてくれれば、パパッと済むのにな。

そう思いながら心の中で舌打ちすると……。

ん？　んん？

ふいに視線を感じて教室内に目をやると、蒼真がこっちを見ていた。

バチッと目が合い、蒼真がふっと笑ったような……。

ドキッとして、慌てて雅也の首に腕を回してドアに隠れる。

「もうっ！　雅也たちがうるさくするから蒼真に見つかっちゃったでしょ！」

「いや、一番やかましいの葵だし！　つか葵、蒼真を見てたんか？」

「ち、違う！」

――ドンッ！

雅也と小競《こぜ》り合《あ》いをしていると、誰かにぶつかってしまった。

「あっごめ……っ」

「いえ……」

「！」

すぐに相手に謝ったけど、ぶつかった女子を見て私は目を見開いた。

この子……昨日の放課後、蒼真とキスしてた子だ！

蒼真と同じクラスだったのか。

その女の子は、ふわふわっとした黒髪《くろかみ》のロングヘアを揺《ゆ》らしながら、ゆっくりとした仕草で教室に入っていく。

ほのかに香る、花のような果実のような匂《にお》い。

肌《はだ》が透《す》けるように白くて、ほのかにピンク色の唇。

華奢《きゃしゃ》で清楚《せいそ》で、誰が見ても美人と言うであろう顔立ち。

いつも蒼真に群がるド派手でセクシーな女子たちとは、真逆のタイプ。

まさに理想の乙女じゃん！

あの子かなぁ、蒼真の好きな子って。

ってことは、あの子が〝死ぬほど大切な女〟？

「ねぇ、雅也。あの子誰⁉」

「あ？　あー蒼真の前カノじゃん」

「へ？　前カノ？　好きな子じゃなくて？」

「いや、昨日フッたって蒼真は言ってたぞ」

昨日、蒼真がフッた……⁉

どういうこと？

だって、あんなに濃厚なキス……してたのに？

うーん……？

じゃあ、あの子は〝死ぬほど大切な女〟じゃないってこと？

だったら、誰なの⁉

もしかして、他校の子？

考え込む私の髪の毛を雅也と琉生がグシャグシャにしていたけど、そんなことも
気にならないくらい考え込んでしまった。

その蒼真の元カノが、私のほうを見ているとも知らずに……。

それから教室に戻っても、授業そっちのけで考え込んでいた私だった。

そしてすべての授業を終え、マキと一緒に昇降口《しょうこうぐち》に向かう。

「もういいじゃん。蒼真くんの好きな子なんて」

「よくないよ！　早くその子とくっついてくれなきゃ、また私に被害《ひがい》が及《およ》ぶかもしれないじゃん！」

「……もしかして葵なんじゃないの～？　その〝死ぬほど大切な女〟って！」

「え⁉」

予想もしていなかったマキの言葉に、驚きで目をぱちくりさせる。

「他の女はとっかえひっかえでも、葵のことはずっと手元に置いてんじゃん？」

「…………」

ついには言葉を失い、マキを見つめる。

マキさん、正気ですか⁉と思いながら……。

「ち、違うって！　私のことは夕飯作らせたり、抱き枕にしたり、それからそれから……とにかく便利な世話係扱いなんだよ！」

「はいはい」

私の剣幕《けんまく》に呆れるマキ。

「蒼真くんこっち……」

その時、蒼真を呼ぶ声が聞こえて目を向けると――。

昇降口を出たところで、女の子に腕を組まれている蒼真を発見。

一緒にいる女の子は……！

「他学年からもモテモテの、C組の清楚な美人で有名な女子じゃん！」

ふたりから目が離せないのに、なぜかマキの後ろに隠れる。

「ってか、なんで隠れんのよ」

あの子こそが蒼真の――⁉

もしかして、これは尾行《びこう》するしかないのでは？

「マキ！　悪いけど先に帰ってて」

「え、どこ行くの～？」

「あの子が、絶対に〝死ぬほど大切な女〟だよ。ちょっと尾行してくる！　じゃあ、明日ね！」

「あんた……。まぁいいや、行ってらっしゃい」

何か言いかけて止めたマキが若干気になりながらも、ダッシュで蒼真たちを追いかける。

蒼真たちが向かったのは、体育館裏。

私は草むらに身を潜《ひそ》めて、こっそりふたりを見つめる。

あの清楚な女子こそが、蒼真の大切な女に違いない！

「私……蒼真くんが好きなの」

「悪い。俺、好きなヤツいるんだ」

あれ？　違った～。ただの告白か……。

がっくりと肩を落としつつも、すぐに怒りが込み上げてきた。

蒼真のヤツ――。

美女な前カノと別れた上に、あんな美女も振るなんて……。

すると、女の子のか細い声が聞こえたので、再びふたりを見ると……。

「……好きな、子……？」

「もう、そいつじゃなきゃダメなんだ。死ぬほど大切で心も身体も全部俺のものにしたいと思ってる」

――トクン。

そう静かな口調で言った蒼真の表情は真剣そのもので、なぜか心臓が高鳴った。

すると、昨晩のやりとりを思い出してドキドキが止まらず、ふたりから目を逸らした。

――『蒼真に好かれた女の子が、かわいそすぎるわ』

――『かもなー。でも、その女、俺の気持ちにまったく気づいてねぇの』

あんなふうに言っていたけど、蒼真はその子に本気なんだ……。

「……そっか。蒼真くんにそんなに愛されてるその子が羨《うらや》ましい」

再び女の子の声が聞こえ、ふたりを見る。

「本当に……悪い」

「いいの、気持ち伝えられてよかった。ありがとう」

振られたのに「ありがとう」と言って、女の子はその場から立ち去った。

残念なことに〝死ぬほど大切な女〟は、さっきの子じゃなかったけど、それほどまでに本気の子がいるなら、私にとっては願ったり叶《かな》ったりだ。

蒼真の世話もその子がやってくれるだろうし、そしたら私が理想としていた〝素敵な恋をして、心も身体も好きな人と結ばれる〟高校生活が、三年目にしてやっと始まる！

「おい！　丸見えなんだよ、覗き魔《ま》」

憎《にく》たらしい声が聞こえてハッとして草むらから顔を出すと、じっと私を見ている蒼真と目が合った。

「ひっ！」

「さっさと出てこい」

やばい、怒られる。

「あれ、C組の美女は？」

「もうとっくに話終わってんだよ。帰ったわ」

「あ、そうだったんだ～」

とぼけた調子で草むらから出るけど、依然《いぜん》として蒼真は私を睨んだままで……。

次の瞬間、グイッと首に腕が回された。

「おまえ、今日ずっと俺を監視《かんし》してやがったな」

「そんなことしてないから！　ちょっと、苦しい……」

「俺に熱い視線を向けてたじゃねーか」

「す、好きな子！　蒼真の死ぬほど大切な子を暴《あば》いてやろうと思ったの！」

蒼真の手を払いのけて、言い放つ。

「で？　見つかったのか？」

「わからないからこうやって探ってるの！」

「はぁ……」

盛大なため息をつきながら、髪をかき上げつつ呆れる蒼真。

え、なんで呆れてるの？

なんか変なこと言った？

「おまえさ、もうちょい恋愛偏差値《へんさち》を上げて出直してこいよ」

「どういう意味……？」

「マジで鈍感《どんかん》すぎ」

「いや、蒼真みたいに誰かれかまわず手を出してる人の好きな子なんて、わからないよ！」

ぎゃーぎゃー言い合いをしていると、

「んむっ」

蒼真の右手にガシッと両頬を掴まれた。

そして、蒼真の顔が至近距離に近づいたと思ったら、

「そうかよ」

「……っ！」

そう言い放った蒼真に、いきなり唇を奪われた。

ちょっと待って……何が起こったの……。

また、キス……された……!?

すぐに我に返り、ドンッと蒼真の胸を押して距離を置く。

「なんで……。好きな子がいるんでしょ!?　こういうことは、その子だけにしなよ……！」

だけど、すぐに左手を掴まれ、抱き寄せられたと思ったら――。

「んんっ……」

再びキスが落とされた。

そして、唇が離れた瞬間に耳に届いたのは、

「あぁ、だから……。こういうことはもう……好きな女にしかしない」

切なげな蒼真の声だった。

それって、どういうこと？

好きな女って？

「……そう……まっ……ん……っ、ふ……んん……っ」

何か言おうとするけれど、言葉はすべて蒼真の唇に吸い込まれていく。

そして、私に考える余裕を与えないかのように、容赦《ようしゃ》ない蒼真のキスが私をとらえて離さない。

それどころか私を抱き寄せる蒼真の腕に力がこもり、キスも徐々に深くなっていく。

「〜〜〜っ」

逃《に》げたい……。逃げたいのに、身体に力が入らない。

でも、この場の雰囲気にのまれちゃダメだ。しかも、ここは学校。

私は渾身《こんしん》の力で蒼真を押し返す。
そして、急いでその場から立ち去ったのだった。
どういうこと？
いまだ頭は混乱中だけど、走りながら必死にフル回転させる。
──『こういうことはもう……好きな女にしかしない』
じゃあ、好きな女って……。
もしかして……。
いや、ないない！
ありえない！
私は頭をぶんぶん振ると、熱くなった唇を押さえながら全力で家に向かって走った。

もう、逃げねぇ

【蒼真side】

俺を全力で押し返し、その場から逃げるように立ち去る葵の背中に向けて、

「あお、俺はもう逃げねーからな」

ボソッと呟く。

どうしたって俺の心をかき乱すのは、葵……おまえだけなんだ——。

あれは、幼稚園《ようちえん》のころのこと。

『そーま！　家まで競争だよ！　ほら、よーいドン！』

『あおには絶対負けねーー！』

『あっこら！　危ないから待ちなさい、ふたりとも！』

俺と葵の母親が止めるのも聞かず、幼稚園の行き帰りはいつも競争してたっけ。

俺たちは生まれた時から一緒で、葵は家族みたいなものだった。

あおの母親は看護師で、夜勤の日は、葵はうちに預けられていた。

お互いひとりっ子で兄妹みたいに育ったから、俺の部屋に布団を敷《し》いて寝ていたほどだ。

なんでも言い合えて、一緒にいてラクな関係。

そんな関係が、ずっと続くものだと思っていた。

高校生になると俺の両親は仕事で海外に行くことになり、ひとり暮らしが始まった。

同時に、葵の母親の夜勤も増え始め、家事がまったくできない俺のために、葵が家事をやってくれることになった。

というか、母親の命令でやらされている。

葵のおばさんの言うことは、葵にとっては絶対だ。

女手ひとつで看護師をしながら葵をビシバシと育てているおばさんは、家に男手がまったくない事を心配している。

そして親が海外赴任《ふにん》しているウチには、まったく女手がない。

もともと世話好きなおばさんは、葵が俺の世話を焼くことで俺の不便さを、俺が葵のそばにいることで防犯上の不安をカバーしようと思いついたらしい。

でも、俺たちの関係は変わることはなかった。

さすがに親の部屋にだけど、泊《と》まることもあった。

『ちょっと蒼真！　ごはん作ってやってんだから手伝うぐらいしたらどうなの？』

その日の夕方、宿題を終えてリビングでテレビを見ていると、夕飯を作っていた葵が文句を言い出した。

これは、いつものこと。

『あ？　あおの宿題も片づけてやったんだからチャラだろ』

『う……』

『だから、さっさと黙《だま》って作れよ』

『何その言い方！　それとこれとは関係ないから！』

負けじと言い返してくる葵。

自分を取り繕《つくろ》わずに言いたいことが言い合えるあいつとは、誰よりも一緒にいてラクで楽しかった。

葵も同じように思っていたと思う。

だって、いつも俺の前では本当の家族のように無防備だったから。

でもその無防備さが、俺の葵に対する想いを大きく変えることになる――。

あれは、高一の夏ごろのこと。

『いやぁ――――！』

『どうし……うおっ！』

風呂から出て上半身裸でリビングに行くと、夕飯を作っていたはずの葵が抱きついてきた。

『Gぃぃ〜〜〜〜っ！　早く退治して！』

『あ？　なんだよ。怖《こわ》いもの知らずのおまえが、らしくないじゃん。ってか、しがみつくな』

そう言って葵を引っぺがそうとするけど、

『無理〜〜〜〜！』

本当にゴキブリが怖いのか、葵は俺にしがみついたまま離れない。

その怖がっている様子や、ふわっと漂う俺とは違うシャンプーの香り、素肌《すはだ》に感じる葵の温もりに……不覚にもドキッとしてしまった。

そして、気づいた。

葵は〝家族〟ではなく〝他人〟で〝女〟なんだって。

とりあえず俺は平静を装い、葵を俺の寝室に避難《ひなん》させる。

そして殺虫剤《さっちゅうざい》を手にゴキブリと格闘《かくとう》すること約十分――。

「あお、終わったぞ」

寝室のドアを開けると、すかーっと寝息を立て、キャミソールに短パンという無防備な姿で、白い素肌を晒《さら》したまま俺のベッドに寝ている葵がいた……。

首筋にかかる柔《やわ》らかそうな髪の間から白いうなじが覗いていて思わずドキッとする。

近づいて寝顔を見ると、長いまつげを伏《ふ》せてスヤスヤと安心しきった様子で寝ていた……。

そんな葵の無防備な姿を見て、思わずゴクリと唾《つば》を飲み込むほど、葵の女としての可愛さに気づいてしまったんだ。

こいつを抱いたら、どんな反応するんだろう。

女の表情を浮かべて色っぽい声で俺を呼んだり、我を忘れて乱れたりするんだろうか……。

――見たい……。

つい妄想《もうそう》してしまい、欲情が暴走しそうになる。

「……って、やば」

……そんなことしたら今までのラクな関係が……。マジで勘弁《かんべん》してくれ。

俺はベッドを背に床《ゆか》に座り込むと、生乾きの髪をクシャクシャとして必死に冷静さを取り戻そうとする。

『ンゴオオオオ～、ンガー、すぴー』

すると、背後からバカデカいイビキが聞こえてハッとする。

葵に目を向けると、葵は大口を開けて熟睡《じゅくすい》していた。

……いや待て、俺のベッドでこんなふうに寝ているような女に欲情するとか……もしかして、俺は欲求不満なのか……⁉

自分にショックで、頭をかかえる。

だって、こんな女を抱きたいなんてありえねぇ。

そもそも、女には不自由してねぇし！

そう自分に言い聞かせながら、俺はそっと寝室を出てリビングのソファにボスッと音を立てて座る。

『参ったな……』

そして宙を仰《あお》ぐと、ため息まじりにボソッと呟いたのだった……。

自慢《じまん》じゃねぇけど、中学のころから言い寄ってくる女はよりどりみどりだった。

そして高校生になるとますますモテるようになった。

自分から抱いてくれと言い寄ってくる女を断るほど、俺は硬派《こうは》じゃない。

だけど、彼女は作らない。

女に縛《しば》られるなんてごめんだ。

こんな不誠実な俺のどこがいいのか知らねぇけど、一度でいいからと関係を求めてくる女は後を絶たなかった。

だけど、あの葵に欲情してしまった日を境に、信じられないことが起こり始める。

――今までどおり、俺を求めてくる女を来る者拒まず抱いた。

でもどうしたって、俺の腕の中で乱れる葵が浮かんでしまうようになったのだ。

クソ……なんでだよ。

そんな気持ちを打ち消すために、他の女で上書きしていった。


――ガチャ。

高二になって半年がたったころだった。

いつものように女を抱いて家に帰ると、出迎えに来た葵が『おかえり～』と言いながら俺の首元を見て顔をしかめた。

『うっわ、それってキスマーク⁉　最近帰りが遅いと思ってたら……。なんで私が蒼真みたいなヤツの身のまわりの世話しなきゃいけないのよ！』

『ったく、帰ってくるなりやかましいヤツだな』

『なんだと⁉』

『………………』

『まったく洗い物もあるんだから、さっさと夕飯食べちゃってよね！』

騒がしい葵を無視して、リビングに入る。

そこはいつものように掃除が行き届いていて、ダイニングテーブルには、うまそうな食事が用意してあった。

それだけ文句たれといて、律儀《りちぎ》に世話係やってんじゃんかよ。

そう心の中で呟きながら、思わず葵の頭に手が伸《の》びていた。

『ちょっと……っ』

嫌がる葵を無視して、わしゃわしゃと葵の頭を撫でる。

なんでだろう……愛おしくてたまらない……。

柔らかい髪が指に絡んで、いつまでも触れていたい。

そう思った瞬間。

――バチン！

『触らないでよ、クズなケモノっ！』

突然、手を払われた。

目の前には、目を吊《つ》り上げて激怒《げきど》する葵。

『クズ……？　ケモノ……？　だと？』

『蒼真が遊びまくろうがどうでもいいけど、私に迷惑かけることだけはしないでよね！　女の嫉妬《しっと》はめんどくさいんだから！』

『は？　なに恋愛上級者みたいなこと言ってんだ？』

そう俺が切り返すと、

『うるさい！　クズなケモノめ！』

葵はそう叫《さけ》びながらキッチンへ避難する。

あぶねぇ……。

またこいつに変な気になるところだったぜ……。

――『クズなケモノ』

葵の俺への評価は下がる一方だったけど、それでよかった。

葵との関係はこのままでいい。

変な気持ちが溢《あふ》れ出る前に、俺が葵をめちゃくちゃにする前に……葵が女だということを忘れさせてくれ――。

はたかれてヒリヒリ痛む拳《こぶし》をぎゅっと握りしめながら、葵の後ろ姿を見つめた。

翌日の放課後、雅也と琉生と昇降口に向かうと、

「あの……蒼真くんちょっといいかな」

黒髪の女に声をかけられた。

「うわっ！　この間、転校してきた注目の美少女、E組の宇津木《うつぎ》環ちゃんじゃん！」

雅也がハイテンションで騒ぎ出す。

緩《ゆる》くウエーブのかかった黒髪のロングヘア、くっきりした二重の瞳、白い肌に赤い唇。

その子は学校中の誰もが目を瞠《みは》るほどきれいで、多くの女子が、こうなりたいと憧《あこが》れるような容姿をしていた。

「わかった。場所変えるか」

「……おい蒼真。そんな適当に相手してばっかだと、いつか本気になった女に刺《さ》されるぞ」

メロンパンを頬張りながら口の端《はし》にカスをくっつけた琉生が、こそっと耳打ちしてくる。

「えっ」

でも、ビビるのはなぜか雅也で……。

心配そうな顔をするふたりに「また明日な」と声をかけると、俺はその女と一緒

に裏庭に向かいベンチに座った。

──『いつか本気になった女に刺されるぞ』

ぼんやりと琉生の言葉を思い返す。

べつに俺は求めてくる女に応《こた》えてるだけだし、本気になられても向こうの勝手だ。

だけど、彼女でもないのに変な束縛《そくばく》とかされたらめんどくせーな。

彼女もいらねーしな。

そんなことを考えていると、右腕に女の手が置かれて俺は無言で女のほうを見る。

「蒼真くんお願いがあるの」

すると、女は上目づかいで俺を見つめながら……。

「私と付き合って」

そう告白してきた。

マジか……。

今、ちょうど本気になられても面倒だし、彼女なんかいらねぇって思っていたところだっつーの。

「俺、おまえと関係持ったことあるっけ?」

ため息をつきそうになるのを我慢しながら、念のため聞いてみる。

さっきの琉生の話じゃないけど、前に寝た女が本気になったパターンだったら面倒くさい。

「えっ？　今日初めて話したと思うんだけど……」

違うのか？

だったら、もっと無理。

俺は彼女が欲しいわけじゃねーし。

こんなことなら、さっさと雅也と琉生と帰ればよかったよなぁと思いながら、立ち上がって女を見おろす。

「おまえなら俺なんかじゃなくても、もっといい彼氏できんだろ」

「お願い。蒼真くんには負担かけないようにするから、付き合うフリだけでいいの！」

「は？　フリ……？」

「私、前の学校で中学の時から付き合ってる彼氏がいたの。その彼とは小さなころからの幼なじみで……、でも私がこの学校に転校してすぐ、他に好きな子ができたってフラれて……」

離れても距離になんて負けることはないと思っていたのに……と、環は涙を流しながら俺にそう話した。

「誰よりも、ずっとそばにいたのに……っ」

その時、通りがかった男子が環を見つけて、

「あっ環ちゃんだ」

「環ちゃん放課後遊ぼーよー」

「マジで美人〜〜〜♡」

と声をかけてくるけど、迷惑そうに目を逸らす環。

「まだ彼を忘れられたわけじゃないし、学校にいると、こうやって毎日男の子たちに言い寄ってこられるのがしんどくて……だから……」

「わかった」

きっと環は、適当に遊んでるだけの俺が都合がよかったんだろう。

俺みたいな遊び人に頼めば、きっと断られないし本気になられることもない。

それなら俺にとっても好都合だ。

俺も、もう好きでもない女と遊ぶのには飽《あ》きていた。

環と付き合うフリをするのは、俺にとっても女除けにもなる。

「つまり、男除けのために俺がそばにいてやるだけでいいんだろ？」

だから、俺は環の告白を受けた。


それから数日後。

俺に彼女ができたという噂《うわさ》は、すぐに広がった。

雅也と琉生にも環と付き合ってるということは伝えたけど、環のプライバシーのためにも、本当のことは言わなかった。

それから俺は他の女と遊ぶのをやめ、なるべく環と登校したり、休み時間を一緒に過ごしたりして彼氏らしく振《ふ》る舞《ま》った。

「嘘《うそ》……」

「やだぁ……」

「蒼真くんが彼女作っちゃうなんて……！」

「しかも、あの美少女転校生……⁉」

「彼女は作らないって言ってたのに」

俺と環が廊下を歩いていると、女たちのショックを受けた声が耳に入る。

「暁蒼真じゃかなわね〜〜」

「やっぱり顔かね〜」

さらに、男たちも諦めの声を上げる。

一方の葵は、俺と環が付き合い出しても、俺に対する態度はまったく変わらなかった。

毎晩、きちんと食事も作りに来ている。

別にヤキモチを焼いてほしかったワケじゃない。

葵は、俺に彼女ができたということさえ知らないようだった。

まだ数日だから知らなくて当然かもしれない。

もし俺に正式な彼女ができたと知れば、葵はラッキーとばかりに「彼女にごはん作ってもらいなよ！」と逃げるはず。

そう考えると、俺に彼女ができたと知るのは、もう少し先でもいいのかもしれない。

環とカモフラージュで付き合うようになり、あっという間に俺たちは高三になった。

環とはまたクラスが別れたが、類と雅也とはまた同じクラスに。

俺たちの腐《くさ》れ縁《えん》てやつは、マジですごい。

葵ともクラスは別になったが、あの鈍感バカ女は俺に彼女ができたと、まだ気づいていなかった。

まったく、あいつの鈍感さには脱帽《だつぼう》する。

まぁ、葵がウチに来る時は必ず俺は家に帰ったし、家に女を連れ込んだことは一度もなかったから、環のことも、いつものように俺に群がる女のひとりだと思っていたのかもしれない。

環と付き合うようになって、前のようにやたらめったら女が言い寄ってくることはなくなった。

そして環はとても甲斐甲斐《かいがい》しくて、偽《いつわ》りの恋人《こいびと》なのに、お昼の弁当を作ってきたり、手作りのお菓子《かし》を差し入れたりしてくれた。

「付き合うフリだってのに、別にここまでしてくれなくていいんだぞ?」

今日の昼休みも、屋上で環と過ごしていた。

目の前にある環の手作り弁当やお菓子を見て俺がそう言うと、

「いいの、お料理作るの好きだし。それに蒼真くんのおかげで男の子に言い寄られるのもなくなってきたから、そのお礼もしたくて。こんなのでお礼になるかわからないけど」

環はそう言って、苦笑いを浮かべる。

「そりゃよかった」

そんな環の頭をポンと撫でると、環はなぜか頬を赤らめて、うれしそうに俺を見つめてきた。

その環の様子を見て、ここらへんが潮時かもしれないと感じた。

たしかに、俺とカモフラージュで付き合ってから、環に言い寄ってくる男はいなくなっていた。

環の様子を見ていると、もう前の男と別れた心の傷はだいぶ薄《うす》れているように感じるし、好きでもないのに、俺が彼氏のフリをしてちゃ次の恋をすることができない。

そろそろ、この偽りの関係も終わりにしよう。

今日の帰り、環に話すか……。

俺もこいつのおかげで身体関係以外を求めてくる面倒な女は寄ってこなくなったしな。

まぁ、あの鈍感女は、俺に彼女ができたっていまだに気づいちゃねぇけど。

まったく、どんだけ俺に興味ねんだよ……。

まぁ、そのうち気づいて葵も悔《くや》しがって彼氏でも作ったら、自然と俺から離れていって、俺はあいつに手を出さなくて済むし――。

そこまで考えて愕然《がくぜん》とする。

葵に彼氏――……？

葵に彼氏ができたら、俺は冷静でいられるのか？

そう考えていた時、

――ガチャ！

屋上のドアが開かれハッと我に返る。

「あっ蒼真いた！」

顔を覗かせたのは、なんと葵だった。

葵は俺たちの前まで来ると、「あ、ちょっとごめんね！」と俺の隣にいた環に断りを入れる。

そして、

「蒼真、今日の夕飯代ちょーだい！　エビ、豆板醤その他もろもろ……今日はエビチリ作ってあげるから、ほらお金！」

そう言って俺に手を差し出してきた。

突然のことに頭がついていかず、目を見開く俺。

隣にいる環も呆然《ぼうぜん》として葵を見つめている。

「え、何⁉　私、なんか変なこと言った？」

呆気《あっけ》にとられて黙り込む俺と環を見て、焦り始める葵。

そんな葵を見ていたら――。

「フハッ！　おまえ、こんな時に金せびってくんじゃねーよ！」

思わず立ち上がって、大笑いしながら葵の頭をわしゃわしゃと撫でていた。

「ちょっと、何すんの！　『こんな時に』って、帰りにスーパー寄るんだから今もらっとかなきゃダメでしょ」

「おまえは……人が大事なことを考えてたってのに……」

「そんなの知らないわよ！　てか離してよ、髪型崩れるでしょ」

そう言って、バタバタ暴れ出す葵。

――無理だ。無理すぎる。

こいつが俺のそばからいなくなるなんて考えらんねぇ。

あ――今すぐここで抱きしめてぇ……。

そんな気持ちを誤魔化すように、葵の頭に腕を乗せる。

今、わかった――。

俺がこいつに欲情したのは、欲求不満なんかじゃない。

俺はいつでも素直なこいつが可愛くて、こいつへの欲情はどうしたって止まらねぇから、たとえ今までのようなラクな関係でいられなくなってもそばにいたい。

文句を言いながらも律儀に俺の世話を焼く葵が、いじらしくて愛しくてたまらない。

遠慮《えんりょ》なく言いたいこと言い合って、しょっちゅうケンカもするけど、そういう毎日が何よりも大切で愛おしい。

葵の無防備な寝顔を見るたびに、こいつだけは何があっても失えないと心から思う。

誤魔化しきれないこの想いを捨てるなんて今さら無理な話だし、それぐらい葵のことが好きなんだ。

「もう、いいかげんにして！」

――バチン！

でも案の定、俺の腕は乱暴に振り払われ、目の前には目を吊り上げている葵。

「はいはい、これやるから極上なエビチリ作れよ？」

「作ってもらう態度じゃないでしょ！」

俺は笑いを堪《こら》えながら葵に五千円を差し出すと、伸びてきた葵の手首を掴んだ。

「ちょっ、今度はなんなの⁉」

急に手首を掴まれ慌てる葵を見ながら思う。

こいつが俺にまったく興味ないのは気に入らねぇが、他のヤツのモノになんてなっちまったら俺死ぬわ。

俺のそばから離れないよう、絶対に俺のものにしてやる。

「離してよ！」

「しょうがねぇな……」

そんなに離してほしいなら今だけな……と思いながら、掴んでいた手首をパッと離す。

すると、「きゃっ！」と悲鳴を上げて後ろに倒れそうになった葵は、俺をキッと睨むと、「なんなのよ……もう」と怒りながら屋上から出ていった。
まったく騒々《そうぞう》しいヤツ。
でも、そのすべてが愛おしくてたまらない。
葵は〝死ぬほど大切な女〟なんだから、これからゆっくり落としてやるよ。
葵……本気になった俺をナメるなよ。
葵がどれだけ逃げようと、必ず葵を捕《つか》まえてやるからな？
だから、環には悪いけど——。
俺は床に座っている環に視線を向けると、ゆっくりと口を開いた。
「わりぃ環、今日でこの関係は終わりにさせてくれ」
俺の言葉に、環は一瞬だけ顔を青ざめさせた。
でも、すぐに立ち上がって、
「……ううん。私こそ少しの間だったけど、わがままに付き合ってくれてありがとう」
と言って、自分の襟元《えりもと》をぎゅっと掴んだ。
「…………」
俺は何も言えずに、ただ黙って環を見つめていた。
すると、環が意を決したように口を開いた。

「蒼真くん、最後にひとつお願いがあるの……最後に……私を抱いて」

え……。

今なんて言った？

「前の彼にね、抱かれた記憶《きおく》がどうしても消えないの。だから……最後に蒼真くんに記憶を上書きしてほしいの。無理なこと言ってるってわかってる。わがままだってわかってるの。でも……蒼真くんじゃなきゃダメなの。蒼真くんじゃなきゃ消せないっ……」

環は、そう言いながら泣き始めた。

……俺は不誠実な男だ。

好きじゃなくても女は抱ける。

だから、泣いてそうすがる環を放ってはおけなかった。

最後に俺がしてやれること……。

「わかった……」

そしてこの日の放課後、俺たちは空き教室で会う約束をした。

まさか、キスしているところを葵に見られることになるとも知らずに——。

そして、放課後になり環と合流すると、環からキスをしてきた。

だけど、環に熱いキスをされても何も感じることはなかった。それどころか、もしこれが葵だったらどんな感じなんだろう？　という妄想ばかりが膨《ふく》らんで、情けないことに最後までできなかった。

こんなことは初めてで、環には申し訳ないと思いつつも無理なものは無理だった。

葵……。

俺はもう逃げねぇから、早く俺の気持ちに気づけ。

葵の心も身体も絶対手に入れてやる。

そう思いながら、環と別れた俺は家に向かって歩きだしたのだった。


今日の夕飯は俺の好物のエビチリ。

俺がダイニングチェアに座ると、いそいそと帰り支度を始める葵。

「食べていかねぇの？」

そう問いかけると、「今日はエビチリな気分じゃないの」と断りやがった。

葵のことだ、激辛にでもしやがったんだろう。

長い付き合いだ、葵の考えそうなイタズラなんてすぐわかる。

結局「食べてけ」「食べない」の攻防《こうぼう》の末、一緒に夕飯を食べることで落ちついた。

「じゃあ、帰るね」

ところが、夕飯を食べたあと、片づけを終えた葵は再び帰ると言い出した。

「……今日は、あおと一緒に寝たい気分」

ムッとした俺は、そう言って葵を引き留める。

用が終わればすぐに俺から離れていこうとする態度が、気に入らなかった。

早く来い……俺の元へ。

早く俺の気持ちに気づいてくれ。

俺を男として見ろよ。

でも、俺の気持ちに気づかない葵はギョッとして「な、なに言ってんの……」と吐《は》き捨てて帰ろうとするので、俺は葵をお姫様抱っこして寝室に連れ込んだ。

強引だった……と思う。

でも、もう止められなかった。

ところが、いろいろ考えすぎて疲れていた俺は、ベッドに入ってすぐ葵を抱き枕にして寝落ち。

眠りに落ちたあと、夢の中でも俺は葵を追いかけていた。

あお……待ってくれ！

俺に追いかけられる葵は、全速力で走っていた。

流れる汗《あせ》をキラキラと飛び散らせながら、俺から少しでも遠ざかろうと必死で逃げる。

「……あお！」

誰かが葵を呼んでいる。

男の声だった。

葵の声がするほうに手を差し出した。

ダメだ……あお、他のヤツの手なんか取るな！

頼むから俺から逃げないでくれ。

俺を好きじゃなくてもいい。

俺は、葵じゃなきゃダメなんだ！

その男の手を取りそうになった葵を、寸前で捕まえる。

そして葵の細い身体を力いっぱい抱きしめる。

苦しそうにもがく葵を、二度と離すものかとさらに力を込めて。

それでももがく葵をじっと上から見おろすと、葵の白いうなじに汗がにじんでいた。

……こんなに細い身体で、汗でしっとりと身体を濡らすほど、俺から逃《のが》れたいと思ってんのか？

そんなに……そんなに俺が嫌かよ。

だったらもう、俺は葵ごと食い殺してやるよ。

誰かに取られるぐらいなら、葵のすべてを俺が飲み込んでやる。

汗ばんだ葵の白いうなじにそっと舌を這わすと、ビクッと葵の身体が跳《は》ねた。

舌に感じる葵の味に、俺の理性は崩壊《ほうかい》した。

「おまえのすべてを俺によこせよ……」

そう呟いて、俺は葵のうなじに思いきり噛みついた。


「痛――――い！」

部屋に反響《はんきょう》する叫びで、俺の意識は覚醒した。

「ちょっと！　何してるのよ！」

「あ……？」

「今、噛みついたでしょ!?」

葵の怒りの絶叫が、甘い夢から俺を引き戻す。

ヤベェ……どうやら俺はマジで葵を食い殺すところだったらしい……。

「えっ！　悪ぃ。大丈夫か!?」

あんな夢見るなんて、俺も相当末期だな。

隣で葵がケモノだと文句をたれているが、目に入った噛み跡《あと》を見て、俺は罪悪感と同時に言いようのない満足感に満たされていた。

葵……おまえには悪いが、一番最初におまえに跡をつけたのは俺だ。

こんな子どもじみたマネ、いつもの俺なら絶対にしねぇけど、その噛み跡さえも愛おしくてたまらない。

「も〜！　どんな夢を見たら、人のうなじに噛みつくの！」

「──好きな女を襲う夢」

涙目で文句を言ってくる葵に得意げに答えると、呆れた顔で俺を見つめてきた。

その後も相変わらずギャーギャー文句を言う葵も、今の俺にはまったく気にならない。

そんな姿さえ可愛く見える。

せっかくつけた俺の跡が消えてしまわないように、俺は葵をぎゅっと抱きしめると。

──ペロ。

その傷跡《きずあと》を舐めた。

「ひゃっ!?　ちょっ、やっ……！　な、何してるの!?」

驚いたのか、葵は身体をビクッとさせた。

しかも、その声は裏返っていて……。

「え? 消毒しただけだけど……」

俺があっけらかんとした口調で答えると、

「……んっ」

葵が瞳を潤《うる》ませながら、俺を見つめてきた。

その声と姿に俺の理性は崩壊して、気づけば葵を押し倒していた。

葵に覆いかぶさりながら理性が飛びそうな自分にハッとして、とっさにぐっと堪える。

「葵……キスしていい?」

ただ調子に乗った俺はどさくさに紛れて、葵のファーストキスもしっかりと頂戴《ちょうだい》しておいた。

一度触れてしまえば……一線を超《こ》えてしまえば……俺はもう止まらなくなる。

葵……。

早く俺の気持ちに気づけよ、俺を愛してくれ……。

葵が欲しい

──チュンチュン。

スズメの鳴き声に、薄《う》っすら目を開いた瞬間。

──ポコン、ポコン、ポコン、ポコン、ポコ……。

「うるさいっ！」

ベッドからガバッと手を伸ばして、サイドテーブルの上に置いてあったスマホを手に取る。

「土曜なんだからゆっくり寝かせてよ」

そうボヤきながらスマホのロックを解除すると。

「おい」

「うっ、くるしい……」

「いつまで寝てんだ。さっさと返事よこせよ」

「はい⁉」

いつの間にか私の部屋に入っていた蒼真が、私の上に座っていた。

「ちょっ！　そっ！　なん……っ！」

『ちょっと蒼真なんの用⁉』と言いたいのに、あわあわして言葉が出てこない。

そんな私をよそに、蒼真はベッドからおりると勝手にクローゼットを開け出す。

「おまえさぁ、昨日晩メシ作りに来なかったな」

ギクッ！

「………」

気まずくて、無言で掛《か》け布団にくるまる私。

「おかげでカップ麺《めん》だったわ」

「そっ、そりゃそうでしょうよ……っ！」

家でキスされた翌日に学校でもキスされて……行くわけないでしょ！

行ったら、次は何をされるかわかったものじゃない。

しかも、昨日は蒼真の好きな子を暴いてやるってさんざん嗅《か》ぎ回ったけど、結局わからなかった。

蒼真の〝好きな子〟って──。

──『こういうことはもう……好きな女にしかしない』

すると突然、昨日のことを思い出して、ボボボッと顔が熱くなる。

「ま、昨日のはチャラにしといてやるよ。とりあえず出かけるからさっさと支度しろ」

勝手に私のクローゼットを漁り、さらに勝手に選んだ服を私に向かってポイポイ投げてくる蒼真。

「はっ⁉　出かけるってどこに……」

「デート」

は……？　デート⁉

私と蒼真が？

思わずフリーズして絶句していると、

「デート⁉　やだ〜〜！　あんたたち、ついにそういう関係になったの⁉」

部屋のドアからひょっこり顔を出したのは、夜勤明けの私のお母さん。

その顔はニヤついていたかと思えば、次の瞬間、私をキッと睨んで、

「もうっ！　あおったら彼氏の前なのにこんな寝起《ねお》きで！」

早く支度しなさい、とばかりに、私から掛け布団をはぎ取った。

「か、彼氏じゃないっ！」

お母さんってば、いつ帰ってたの⁉

すると、蒼真はベッドにいる私の隣に座り私をグイッと抱き寄せ——。

「おばさん、そのうちいい報告するから期待しててくれよ」

お母さんに、なぞの宣言をし始めた。

「キャア〜！」

そんな蒼真を見て、はしゃぎ出すお母さん。

待って……。今の宣言は、何⁉

しかも『いい報告』って、どんな報告よ……っ！


なんとか支度を済ませ、蒼真と家を出る。

最初に連れていかれたのは、家から二駅先にある、中で飲食もできる近所の和菓《わが》子店《してん》。

だけど、店内は満席のようだった……。

すると、店員さんらしきおばあちゃんが、

「いらっしゃい。ごめんね、今満席での……、テイクアウトならＯＫじゃよ」

私たちに気づいて声をかけてくれた。

「そうかー。んじゃ、団子買って公園かどっかで食うか」

蒼真はそう言うと、私の手を取り店内へ。

そしてショーケースの前に立つと、「好きなの選べ」と言って微笑んだ。

さっそくおばあちゃんが新作のおはぎを勧《すす》めてくれて、それを受け取った蒼真は、

「ど？　新作だってよ」

笑いかけながら、私に食べさせてくれた。

「おいしい！　これ買う！」

「これだけじゃ足りないだろ。他にも選べよ」

「うん。でもさ、デートってもっとこう……キャピキャピしたお店なんかに行くものじゃないの？」

おいしそうな和菓子に目移りしながら、なんとなく気になって蒼真に尋ねる。

「キャピキャピ？　ああ、パフェとかパンケーキとかの流行《はや》りの店？」

「うん。だって蒼真、女子の扱いに慣れてるじゃん」

「俺は、あおが喜ぶのはこっちだと思ったんだけど。おはぎ好きじゃん？」

そう言って優しげに微笑む蒼真に、思わず胸がキュンとなる。

「うぅ……」

さすが女子の扱いに慣れてるというか、〝私の扱いに慣れてる〟というか――。

「おいしい……！」

何種類かおはぎを買い、近くの公園のベンチでおはぎを食べ始めた私。

あまりのおいしさに、興奮のあまり立ち上がって目をキラキラさせると、

「まぁまぁ、落ちついて座れよ」

蒼真から冷静な言葉が飛んでくる。

「だって、今までいろんなおいしいおはぎを求めて三千里してきたけど、この弾《だん》力《りょく》がすごい、もち米！　初めて感じるこのあんこの風味や抜群《ばつぐん》な甘さとなめらかさ！　これ以上はない最上級のおはぎに出会えるなんて！」

「ほらみろ、流行のパンケーキの店のほうがよかったか？」

「……こっちがいい……」

おはぎを食べながら、ボソっと呟くように言う。

「フハッ、だろーな」

私を見て、笑い出す蒼真。

そんな蒼真の手には、ブラックの缶《かん》コーヒー。

じつは蒼真は、甘いものが好きじゃない。

あの和菓子店は、どうやって見つけたんだろう？

おはぎマニアの私でも知らなかったお店を、わざわざ探してくれたのかな。

おはぎを食べながら横目に蒼真を見ていたら、キスされた時のことを思い出す。

――『死ぬほど大切な女だから、これからゆっくり落とす予定』

それが、私だっていうの……？

しかも、さっきのお母さんへの謎《なぞ》の宣言……。

でも、来るもの拒まずの蒼真だよ？

そんなの信じられる？

「あお……」

「ん？」

ふいに蒼真に呼ばれて顔を上げると、

――ペロ。

「ついてる」

「～～～～～っ！」

唇の端についた、おはぎを舐め取られた！

カァッと顔が熱くなってガチガチに固まっていると、至近距離にいた蒼真がニヤッと笑う。

その顔を見た瞬間――。

「……信じられないっ！」

公園に響き渡るほどの大声を上げてしまった私。

「うるせーな、なんだよ急に」

「どっちのセリフだ……！」

焦りと怒りに支配された私は、蒼真に顔を近づけて凄《すご》んでみる。

『ゆっくり落とすなんて』なんて言っておきながら、こんな手の早いケモノなんか信じられるわけがない」

そうだよ、蒼真の言うことなんて信じられない。

元カノとはいえ、あんなエロいキスをしてたのも、つい最近のことじゃん。

しかも、あのエロい雰囲気の中、キスだけで終わっているはずがない。

「手が早いって……、キスもデートも、おまえにはそこで止めてんだから、俺にしちゃ、だいぶゆっくりだろうが。これ以上どうしろってんだよ」

「たしかに……」

誰でも身体関係を持っちゃうクズなケモノの蒼真を見て、残念な納得をしてしまう。

「おい、納得すんな」

蒼真は少しムッとして言うと、私を抱き寄せる。

「ちょっ……やっ……！」

なんとか抗《あらが》おうとするけど、キスされてから蒼真の行動に敏感《びんかん》になっていて、身体が思うように動かない。

それどころか、ドキドキが止まらない。

信じたくないのに、なんで押し返すことができないの――。

されるがままになり、ぎゅっと目を閉じかけた時だった。

私の手首を掴む蒼真の力が少し強まり、ゆっくりと目を開けると、

「なら、目に見える証《あかし》でもあれば、俺の気持ちを信じるか？」

蒼真はこれ以上ないほど色気のある表情で私をまっすぐに見つめながら、そう言ったのだった。

目に見える……証？

どういうこと？

「…………」

何も答えられずにいると、蒼真は「じゃあ、行くか」と言って私の手を引いて歩き出した。

蒼真に連れてこられたのは、なんとジュエリーショップ。

「いらっしゃいませーペアリングをお探しですか？　それとも――」

私たちが店内に入ってショーケースの前に立つと、さっそく女性スタッフが声をかけてきた。

「婚約《こんやく》指輪で」

すると、蒼真はとても高校生とは思えない落ちついた口調で答えた。

「‼」

ちょっと待って……、今なんて言った⁉

コンヤクユビワ？

「ちょ……⁉　嘘でしょ⁉」

耳を疑う言葉に、場をわきまえず焦って大声を上げてしまった私。

ハッとして店員さんを見ると、それはそれは気まずそうで……。

「家族同然の生活、親も公認、行きつく先は婚約指輪だろうが」

動じていないのは、蒼真だけだった。

「ほら指出せ」

呆気にとられている間に蒼真に手首を掴まれるけど、私は必死に蒼真の手を振り払う。

「なんか蒼真らしくないよ、今までさんざん女と遊んできたくせに、なんで急に私にこんなことしてくんの？　しかも婚約指輪って……なんで私にそこまでしてかまうのよ」

「手段なんてどうだっていいんだよ」

そう言って再び私の手を取ると、蒼真は私の指に自分の指を絡めてきて……。

「ノリでも勢いでもなく……葵が欲しい」

私の手の甲《こう》に自分の頬に当てながらそう言うと、じっと見つめてきた。

──ドキン。

胸がドキドキ騒ぎ始め、全身が一瞬にして熱を持つのがわかった。

たぶん今、私の顔は真っ赤に違いない。

「ずっと俺の中にあった気持ちだ。あおにこの気持ちを信じさせられるなら、なんにでも縋《すが》ってやるよ」

そして蒼真は愛おしそうに私の左手を見つめると、

──ちゅう……っ。

薬指に唇をつけて、思いきり吸った。

「ん……」

鈍《にぶ》いチクリとした痛みが訪れたあと、恥ずかしさに耐《た》えられなくなって蒼真から顔を逸らそうとする。

だけど、すぐに頬に蒼真の手が添えられ阻止《そし》された。

「あお……」

私の顔を見た蒼真の目が、驚いたように見開かれる。

なんで、そんなに驚いているの？

私、ヘンな顔してる？

……でも、そうかもしれない。

だって、蒼真がいつもと違うから、恥ずかしくて死にそうだよ……。

蒼真にまじまじと見つめられることに耐えられなくなった私は——。

「……帰るっ！」

そう叫んで、バッと蒼真から手を離すと、

「は？」

驚いて唖然《あぜん》とする蒼真を置きざりにしたまま、ダッシュでお店から出た。

「あ、ありがとうございました〜〜〜！」

という、店員さんの声を聞きながら——。


タッタッタッタッ。

蒼真から逃げて、駅を目指して走る。

この薬指のキスマークを見ると、前に蒼真の首元についていたキスマークを思い出してしまい、たまらなくなる。

右手で左手の甲を隠す。

でも、つけられたキスマークは消えないどころか、熱を帯びていて……。

やめてよ、今までの蒼真の行いを思い返すと、簡単にほだされたくなんかない。

なのに――。

――グイ。

後ろから両肩《りょうかた》を掴まれて、制止させられる。

「また逃げんのかよ」

チラッと振り返れば、そこには真剣な表情をした蒼真がいて……。

蒼真がまっすぐぶつかってくればくるほど、変に揺らいでしまう。

「……いや、違うか……。俺が逃げてたんだ」

「え……？」

――『俺が逃げてたんだ』

意外な言葉に、おずおずと蒼真のほうに向き直ると、蒼真は切なそうな今にも泣きそうな顔をしていた。

「ずっと、気持ちはあおにしかなかったのに、おまえとの関係を壊したくなくて、他の女で気を紛らわせてた」

――トクン。

え？　なに……その顔……。

これまで見たことがない切なそうな表情に、胸がドキドキし始める。

でも、私は眉間《みけん》にシワを寄せて——。

「え……いや、最低じゃん。だからって遊ぶのおかしいでしょ！」

ギロッと蒼真を睨みつけながら発した怒気《どき》を含んだ私の声に、「そうだよな、ごめん……」と小さくなる蒼真。

他の女で気を紛らわせる⁉

クズすぎてドン引きだよ。

蒼真と距離を置こうと後ろに後ずさると、右肩《みぎかた》を掴まれて引き留められる。

蒼真の手は熱くて、また心臓がドクンと大きく飛び跳ねた。

そして次の瞬間、

——ぽすっ。

「でも、もう逃げるのはやめたから、だからおまえも俺と向き合え」

蒼真はそう言いながら、私の左肩《ひだりかた》に頭を乗せて寄りかかってきた。

その声に、仕草に、胸がぎゅっと締《し》めつけられそうになるけれど……。

「……向き合えって……じゃあっ私も言わせてもらうけど、私への気持ちが本当だって言うなら、なんで元カノと別れた日に、あんなキスしてたの」

「は……⁉　なんであおが知ってんだよ」

予想外の言葉だったのか、驚いた様子で私から手を離すと、ふいっと顔を逸らした。

「たまたま……み……見ちゃったから」

「……そうか、別に、たいした意味はねぇよ」

私と目を合わすことなく、気まずそうに言う蒼真。

その顔は、焦っているようにも見えて……。

何……この反応、何かあるの……？

「あの時の蒼真のあんな表情《かお》、初めて見たし……」

「…………」

蒼真は気まずそうに黙ったまま答えない。

「なんとも思っていない相手にするキスとは、到底《とうてい》思えなかったんだけど」

だから、『信じろ』『受け入れろ』なんて言われても、そう簡単に納得することはできない。

すると、蒼真は気まずそうにクシャっと髪をかき上げると、ひとつため息をつく。

そしてゆっくり口を開くと――。

「だから……あれは、あおが思ってるようなものじゃねぇよ……」

消え入るような声で、ボソッと呟くように言った。

「……どういうこと？」

まったく意味がわからず尋ねると、

「帰ってから話す……」

とだけ言って蒼真は駅に向かってスタスタ歩き出したので、私は慌てて蒼真のあとを追いかけた。

「環とは付き合ってたってことになってるけど、フリだったんだよ」

蒼真の家に帰ってきた私たちは、リビングのソファで横並びに座って話していた。

「は？　フリ……？」

クッションを抱きしめながら、驚きの声を上げる。

「そういうこと。環は男除けのため、俺は女除けのため、利害が一致《いっち》したから一緒にいただけだ。でも俺はもう逃げねぇって、おまえに向き合うって決めたから、もう終わらせてくれって環に別れ話をしたんだ」

「ふーん……で？」

「そしたら了承《りょうしょう》してくれたんだけど、『最後に抱いてくれ』って頼まれた」

「だだだ、抱いてっ⁉」

驚きで、つい声が上ずる。

清楚なイメージなのに、意外と大胆なんだ……。

「一方的に終わらせたのは俺なのに、最後のお願いも断って〝サヨナラ〟ってのは、さすがに都合よすぎだし……ってことで、その日の放課後、あの空き教室で待ち合わせしたんだ」

「え……じゃあ、やっぱりあのキスのあとには、もっとエロい続きが……」

なんて言ったらいいのかわからず、言葉が続かない。

「それが違うんだよ。最初は抱くつもりだった。だけどキスしている最中も、『もしこれがあおだったら……』とか考えちまって、結局最後までできなかったんだよ」

そこまで言うと、恥ずかしそうに私から視線を逸らした蒼真。

「え……」

──トクン。

思いがけない蒼真の言葉に、またドキドキし始める。

最近、蒼真にドキドキさせられすぎかもしれない。

誤魔化すようにクッションを抱きしめる力に手を込める。

すると、隣に座っていた蒼真が私の髪を一束すくうと、

「もう俺、おまえのことで頭いっぱい」

覗き込むようにして見つめてきた。

「っ……」

切ないような甘えているような蒼真の表情に、胸がキュンとして苦しい。

「ちょっ……ちょっと待って……⁉」

これ以上、目を合わせるのは危険だと思い、私は蒼真から顔を逸らして頭をかかえた。

混乱している頭を、必死にフル回転させる。

つまり、蒼真は女をとっかえひっかえすることで、私への気持ちを消そうとしていた……。

でも本気になるような女は避《さ》けたいから、あの環っていう子と付き合っているフリをした。

だけど別れることになったので、最後のお願いってことで、実際はできなかったけど、あの空き教室でエロいことをする予定でキスをしていた……。

っていうことだよね⁉

あの日のキスシーンが頭をよぎり、さらにグルグルし始める私。

「いや、そんなこと言われても、クズすぎてまだ納得できないんだけど……！」

そう私が言い放つと同時に、

――グイッ。

左手を引き寄せられる。

また唇がくっつきそうな距離に、蒼真が顔を近づけてきた。

そして、私をじっと見つめると、

「だから、俺がおまえに本気だってこと、わかったか？」

少し掠《かす》れた声で、優しく言い聞かせるように言った。

「……っ！」

近すぎる距離と甘い言葉に私が固まっていると、
ちゅ――。

わざと音を立てながら、蒼真は私の左手の薬指にキスを落とした。

「……っ」

それはそれは、大切そうに。

思い出したらダメなんだけど、そんな優しい顔をされたら、嫌でもあの偽りの元カノとのキスを思い出す。

蒼真が愛おしそうな表情をしていた理由は……わかった。

でも、あの女の子のほうも、蒼真が愛しくてたまらないみたいな感じがしたんだけど……。

「だ……だからって、その環って子はどうなの、蒼真の気持ちなんか知らずに優しくされて、それで終われるの？　もしかして本気になってるんじゃない？」

そもそも、なんとも思ってない男に『抱いて』なんて言うのか……？

私が恋愛初心者だからわからないだけで、そんなものなの？

疑問に思うことばかりで頭が混乱した私は、

「とりあえず、女関係を精算するまでは納得できないから！」

そう蒼真に言い放って自分の家へと帰ったのだった。


そして迎えた翌日。

「もういいじゃん、すべては葵を想ってのことだったんでしょ？　大目に見て降参してやりなよ～。デートもしたんだし！」

「マキはあのクズなケモノの味方なの⁉　親友だよね⁉」

今は昼休み中で、マキと食堂に来ていた。

そして、これまでの顛末《てんまつ》を話しているところだった。

「いや、今までの行いが悪かったにしろ、蒼真くんって意外と一途《いちず》なんだなって。てか、葵のこと好きすぎ♡」

「………」

私が黙り込んでいると、マキは私の左手をグイッと引っ張り、

「ほらっ、こーんなマーキングまでされちゃって。女は愛されてナンボよ」

薬指についたキスマークを、ニヤニヤしながら見つめる。

マキの手から慌てて逃れ、薬指のキスマークを隠すために絆創膏《ばんそうこう》を貼る。

首の噛み傷が治ったとこなのに、またつけられてしまった……。

あのクズなケモノめ！

「でもさ、蒼真くんは葵じゃなきゃ無理なように、葵だって蒼真くんじゃなきゃ無理でしょ」

「そんなわけないよ！　私は蒼真とは正反対なピュア～でキラキラした好青年と恋愛したいの！」

「そんな好青年で物足りる？　毎日遠慮なくギャーギャー言い合ったりケンカしたり……、葵にとってそれが当たり前な日常だろうけど、蒼真くんが相手じゃなきゃそういうことってできないんじゃない？　あんたたちほど息の合ってるカップルって他にいないし、夫婦漫才《めおとまんざい》みたいでいいと思うんだけどなぁ」

そう言って、ハハハと笑うマキ。

「そりゃ十七年間も一緒にいりゃ、蒼真じゃなくても息も合うでしょーよ。てかマキ、絶対におもしろがってるよね？」

再びギロッとマキを睨んだところで――。

「蒼真は昼飯何にすんの？」

『蒼真』という名前が聞こえ、思わず声がしたほうに目を向ける。

すると、蒼真はクラスメイトと楽しそうに話していた。

蒼真と一緒にいるのは、まぁ……正直ラクなんだけど。

私がどんなに文句を言ったって、蒼真は私を扱い慣れていて見放さないし、気をつかうこともない。

だから、これからも……そういうことが当たり前であってほしい……とは思う。

たしかにマキが言うように、毎日のように夫婦漫才みたいにギャーギャーやり合ってきた。

だけど、そんなふうに遠慮ないやりとりができる人って、蒼真以外にいないの？

薬指に巻いた絆創膏を見つめながら、ふと考える。

――『葵が欲しい』

――『俺がおまえに本気だってこと、わかったか？』

昨日、言われたセリフを思い出して顔が熱くなる。

蒼真が本気だって……認めちゃっていいのかな……？

とはいえ、実際には簡単に他の子にキスやらアレコレしちゃってるから、なかなか認められないけど……。

――ズシッ！

「なんだ、あお」

「ひゃっ⁉」

いつの間に近くにいたのか、頭に腕を乗せてきた蒼真。

「何、このハンバーガー食べねえのか⁉　食わねーなら食っちまうぞ」

「あっ！　私のハンバーガー〜〜ッ！」

すると、隣の席に座り、私の買ったハンバーガーを食べ始める。

「ちょっ！　自分の昼ごはんあるんじゃん！」

「これだけじゃ足りないし」

「どんだけ大食いなのよ⁉　ってか、なんの用⁉　あっち行ってよ！」

くだらない言い合いを繰り広げていると、ふと視線を感じて前の席に目をやる。

すると〝うふふ♡　また始まった♡〟と言いたげに、私たちをニヤニヤして見つめるマキ。

マキ……絶対に面白がってるよね……。

すると、突然蒼真に肩を抱き寄せられ、じっと見つめられる。

「あ？　なんの用って、そりゃあ……好きな女を見つけたから、昼メシ誘いに来た」

「す、好……っ⁉」

驚いて言い淀《よど》んでいると、そんな私を尻目《しりめ》にマキは「私、お邪魔かしら。退散するね♡」と言って立ち上がる。

「え、ちょっと……マキ待ってよ！」

私の引き留める声を無視して、マキは食堂から出ていってしまった。

マキの裏切り者！　と、心の中で連呼する。

貴重な昼ごはんを食べられ、親友にも裏切られる。

これは、すべて……蒼真のせいだ。

絶対に許さない！

そう思いながら、私を見つめる蒼真を睨みつけた時だった。

「あの……、私も一緒にいいですか？」

突然ひとりの女子が現れると、マキが座っていた席に、お弁当箱を置いて座った。

「…………」

呆気にとられて、言葉を失う私。

え……、ええ？　どういうこと⁉

だって、この子は……。

「環……」

驚いた様子で、蒼真が女の子の名前を呟いた。

そう……蒼真の偽《にせ》の元カノである女の子だった。

な……何この状況《じょうきょう》……。

心臓が嫌な音を立て始め、あまりの気まずさにサーッと青ざめるのがわかった。

――ドッドッドッドッド……。

そんな私に気づいているのかいないのかわからないけど、偽の元カノ……環ちゃんは優雅な手つきでパカッとお弁当箱を開けると、「いただきます」と言ってごはんを食べ始めた。

……。

私たち三人の間に、沈黙《ちんもく》が流れる。

なんか、この状況って……イヤ〜な展開に巻き込まれてない⁉

それを証拠《しょうこ》に、寒気がするのになぜか汗ばんできた。

蒼真を横目でチラッと見ると、唖然としたままフリーズ中。

ダメだ、これは……。

――ガタッ！

気まずさに耐えられなくなった私は、席を立つ。

「え〜っと、私、昼ごはんなくなっちゃったし、おふたりでどうぞごゆっくり〜！」

そして愛想笑いしながら言うと、脱兎《だっと》のごとく駆《か》け出した。

「あお！」

背後で蒼真が私の名前を呼んだけど、振り返ることができなかった。

あの子……やっぱり蒼真のことが好きなんじゃないの……⁉

「……っ」

蒼真のバカ！

蒼真が私に本気かどうか以前に、こんな面倒な色恋沙汰《いろこいざた》に私を巻き込むな〜っ！


そして、迎えた放課後。

「葵、帰ろ〜」

支度を終えてリュックを肩にかけると、マキが声をかけてきた。

「ごめん、急いで特売品見に行かなきゃだから、先帰るね！」

今日は一緒に帰れないから、マキに謝ってダッシュで教室を出ようとすると……。

「あっ！　いたいた！　葵〜〜！　E組の宇津木さんが呼んでるよ〜」

ビタッと足を止めて、私を呼んだ子に顔を向ける。

その子の向かいにいた子を見て、さーっと血の気が引いていくのがわかった。

マジか……。

「ちょっとお話したいんだけど……いいかな？」

E組の宇津木さんは、私を見てニコッと微笑む。

私を呼び出したのは——蒼真の偽の元カノだった。

「ごめんなさい。帰るところだったのに急に……」

上品な仕草で髪を耳にかけながら、申し訳なさそうに謝る宇津木さん。

「あ、たいした用じゃないし気にしないで」

はははっと誤魔化すように笑って言ったものの、特売品を逃すことになったので
心の中で盛大にため息をつく。

ってか、蒼真の元カノが私になんの用があるっていうの……。

「私と蒼真くんが、どういう関係だったのかっていうのは知ってる？」

「えっ、まぁ……うん……！　はははっ」

マズい。乾いた笑いしか出てこない……。

すると、宇津木さんは潤んだ瞳で私をじっと見つめてきた……。

——ドキッ！

え……私、今この子にドキッとした？

でも、女の私がドキドキしちゃうくらい本当にきれいな子。

なんというか、妙《みょう》な色気もあるし、あの蒼真とのキスを思い出して、よりセクシー
に感じる。

「……私ね、元カレのことが忘れられなくて、その状況で他の男の子に言い寄られるのが辛くて……。カモフラージュのために蒼真くんに付き合ってもらってたんだけど、別れてほしいって言われて……」

「…………」

いきなり事情を話し出した宇津木さんに驚いて、私は押し黙った。

「だから、完全に元カレを忘れるために『最後に抱いてほしい』って頼んだの。蒼真くんで上書きしてほしくて。そうしないとひとりになったあと、元カレを引きずったままになっちゃいそうで……、そうなるのは嫌だったから……」

そうだったんだ、これは初耳。

宇津木さんにも事情があったんだな……。

「でも、なんで……そんな話を私に……？」

「来栖さんが蒼真くんのことをどう思ってるのか知りたくて……。蒼真くんから終わりにしてくれって言われた時、正直ショックだった。もしかしたら私、一緒にいるうちに蒼真くんに惹《ひ》かれてたのかな」

「！」

予想していたとおりの言葉に、「ほら、やっぱり！」と心の中で呟く。

宇津木さんは、やっぱり蒼真のことが好きなんだよ。

「前に進むためにお願いしたことだったけど、あの優しいキスで蒼真くんを好きになっちゃったみたいなの」

ほらみろ！　どーすんの……、どーすんのよこれ……！

クラクラしてきて、よろけそうになる。

「来栖さって、蒼真くんのこと……好き？」

「えっ⁉　私……⁉」

な……なんて答えればいいの……。

誰か教えて〜〜〜！

すぐに答えることができず、頭をかかえ込みそうになっていると……。

──ぎゅっ。

宇津木さんに両手を握られ、ハッと我に返る。

すると宇津木さんは目を潤ませながら、

「私、蒼真くんのこと頑張ってもいいかな……⁉」

そう懇願《こんがん》してきたのだった。

第二章

お世話係卒業

「蒼真くん！」

翌日の昼休み、ザワついていた食堂が一瞬にして静まり返った。

私とマキ、雅也と琉生が陣取《じんど》るスペースに向かって歩いていた蒼真に声をかけたのは――宇津木さん。

みんなが、一斉《いっせい》にふたりに注目する。

蒼真は宇津木さんに話しかけられると思っていなかったのか、困惑《こんわく》した様子で彼女に目を向ける。

宇津木さんは上目づかいのままニコッと微笑むと、

「お弁当作ってきたの。あの……これからまた毎日作ってきてもいいかな」

手にしていた弁当箱を蒼真に差し出した。

「ねぇ、あのふたりって別れたんじゃなかったの!?」

「元サヤ!?」

「嘘～～！　蒼真くんまた彼女持ち⁉」

食堂にいた女子生徒たちがひそひそと話し始めると、

「雅也、どーゆうこと？　さっさと説明してっ！」

「な、なんで俺っ⁉　知るかよ！」

私の隣にいたマキが、雅也に掴みかかった。

「蒼真は葵に本気だったんじゃなかったの？　まぁ見た感じ、女のほうが一方的っぽいけど」

そして雅也の隣には、パンを食べながら呆れた様子の琉生。

これまでに起こったことを知っている三人は、蒼真が私に〝本気〟だと思っている。

だから、マキが怒って琉生が呆れるのもわかる。

でも昨日の放課後、宇津木さんに〝蒼真のことを頑張る宣言〟をされたことは、まだ三人には言っていなかった。

これから話そうと思っていたところだったのに、なんてタイミングが悪い……。

「ちょっと葵！　いいの、あれ⁉」

「え？」

怒るマキに返事をしながら蒼真と宇津木さんを見ると、宇津木さんはちゃっかり蒼真の腕に手を回していて。

「……っ」

なんだろう。

ふたりを見ていたらモヤッとしてきた。

同時に、昨日の目を潤ませた宇津木さんを思い出す。

――『あの優しいキスで蒼真くんを好きになっちゃったみたいなの』

――『私、蒼真くんのこと頑張ってもいいかな……⁉』

宇津木さん、宣言どおり頑張ってるし、見た目と違って肉食系女子だからビックリ。

このふたりの間に私が入ったら、誰がどう見たって三角関係だよね。

そんなことを考えながら、ボーッとふたりを眺めていると――。

「……っ！」

突然、あることを思いついた私。

宇津木さんが蒼真のことを頑張りたいなら、もう私が蒼真の世話をする必要なんてないんじゃない？

ということは、私は晴れて自由の身に！

もう放課後にスーパーへダッシュすることもなければ、蒼真のために家事をする必要もないってこと⁉

ニヤついている私を見ていたマキたちが「葵、なんか企《たくら》んでる。怖い……」と怯《おび》えているとも知らずに、昼休みを終えたのだった。


放課後を迎え、あちこちから生徒たちの声が飛び交う。

「マキ！　今日は合コンだったよね⁉　急だけど私も連れてって！」

校門を出るところでマキに抱きついて、お願いする。

「え⁉　なに言ってんの、蒼真くんほったらかしていいの⁉」

浮かれて目をキラキラさせる私を、怪訝そうに見るマキ。

「え、それは――」

「おい、あお。話がある」

マキに説明しようとした瞬間だった。

肩に手が回され、頭上から低い声が降ってきた。

「えっ？　なっ何よ、私は今から合コン行くんだから離して！」

「なんだと？　合コン？　聞いてねぇけど」

「蒼真の世話係は宇津木さんに任せるって伝えといて！　って、きゃっ！」

そう言い放った瞬間、手首を掴まれて抱き寄せられた。

「ちょっと、離して――」

そこまで言いかけて、目の前の蒼真のドアップに言葉を失う。

バチッと目が合うと、その瞳には怒りと切なさが滲《にじ》んでいて……。

――ドキッ。

な、なんて顔してるのよ。

なぜか、悪いことをしたような気分になる。

「……おまえ、環と何か――」

そう言って、さらに蒼真が顔を近づけてきた時だった。

「蒼真くん、よかった。まだ帰ってなくて……っ、これから一緒に駅前のカフェにでも……」

蒼真の言葉を遮《さえぎ》るように声をかけてきたのは、やっぱり宇津木さん。

私は慌てて蒼真の身体をグイッと押しやると、宇津木さんに蒼真を差し出す。

「あ、ちょうどよかった。宇津木さん、蒼真の親って海外赴任《ふにんちゅう》中でひとり暮らしの状態なんだけど、毎日の晩ごはんとか身のまわりの世話、お願いしてもいい？」

「えっ」

突然の展開に驚いて、目をぱちくりさせる宇津木さん。

「はぁ⁉」

それと同時に、蒼真は明らかに不満げな声を上げた。

「じゃあ、私は蒼真に用ないし帰りまーす！　マキ行こう」

そう言って私はマキの手を掴むと、回れ右して校門を出ていく。

「おい、あおっ！」

蒼真の焦った声を聞きながら――。


「……さっきから騒がしいなぁ」

家に帰り、夕飯の支度をしながら天井を見る。

上の部屋からガタガタッバタンバタンッと音が聞こえ、頻繁《ひんぱん》にドアを開け閉めしているような音もする。

結局、合コンは定員オーバーで参加させてもらえず、大人しく家に帰ってカレーを作っていた。

「誰か引っ越《こ》してきたのかな？」

上の部屋は、私が小学校のころまで同じ歳《とし》の男の子がいる家族が住んでいたけど、小学校卒業と同時に引っ越してしまい、それからは誰も住んでいなかったはず。

お母さんも何も言ってなかったし。

そういえば、あの男の子の名前は……。

――ピピッピピッ。

思い出そうとすると、タイマーの音に遮られた。

そして、開封《かいふう》した二人前のカレールーを鍋《なべ》に入れようとしてビックリ。

「え、なんでこんなに多く作ってんの⁉」

どう見ても、四人分はある。

いつものくせで、蒼真の分まで作っちゃったよ……。

そんな自分にイラッとしつつ、ふと思い出すのは、さっきの校門前での蒼真の顔。

どう見たって怒ってたよね。

「っていうか、なんで蒼真が怒るの？　私は何もしていないのに！」

ムッとしながらカレールーを追加する。

最近、蒼真に振り回されてばかりな気がする。

「勝手だよ……。あんな顔したって向き合ってやらないんだから……」

理由があったにしろ、さんざん遊びまくって、ややこしい種までまいて、今さら私を巻き込んで。

「はぁ〜。多めに作っちゃった分は、冷凍《れいとう》しとくか……」

そんなひとり言を呟きながら、鍋をかき混ぜる。

このまま蒼真と宇津木さんがヨリを戻してくれれば、すべてが解決する。

お世話係も卒業できたことだし、やっと花の女子高生生活を楽しめる。

なのに、なんでモヤモヤしてんだろ。

「はぁ……」

――ガチャッ。

「……あお」

ため息をついたと同時にリビングのドアが開き、入ってきたのは蒼真で……。

「えっ！　きゃあああっ！　あっつぅ！」

驚いて、カレーを混ぜていたお玉を振り上げてしまった。

私の手に熱々のカレーが降りかかる。

その猛烈《もうれつ》な熱さに、私の悲鳴が響き渡った。

「何やってんだ！　早く冷やせ！」

すぐに私の腕をつかむと、シンクに移動して水を出す蒼真。

バシャバシャと手にかかる水が、熱々のカレーを流していく。

「いたっ……っ」

ううううう……痛い。

このカレーと一緒に、私の胸に込み上げるこのイライラやモヤモヤも流してほしい。

「うっ……蒼真の分のカレーなんてないんだから……っ」

「あお、泣くほど痛かったのか？」

耳元で響く、蒼真の優しい声。

そして、背中に感じる蒼真の温もり。

なんでいるの……なんで私のところに来るの。

蒼真のバカ、無駄にイケメンで無駄にモテるからいけないんだ。

そうしたら、今さらこんなにイライラしたりモヤモヤしたりすることなんかなかったし、ただの幼なじみでいたら、こんなに心が弱くなることもなかったのに。

もうやだ、蒼真のバカ……。

そんなことを思いながら、知らずのうちに泣いていた。

「うぅ〜〜。痛いに決まってるでしょ……!!」

「ったく……どんくせー」

なんで私、泣いているんだろう。

蒼真はムカツクし、いつもみたいに蒼真のごはんも作っちゃうし、宇津木さんに任せたのに私のところに来るし、カレーは手にかかって痛いし、頭がぐちゃぐちゃだよ。

「蒼真のせいだ……蒼真が全部悪……っ」

泣きながら胸のモヤモヤをぶちまけようとしたところで、背後から顎《あご》をくいっと持ち上げられ蒼真のキスが落ちてきた。

「……っ、ちょっと」

どさくさに紛れて何するの！　文句を言って蒼真の手を払おうとするけれど、

「そうだな……ごめん。俺が悪い」

――ちゅ。

「――っ」

そう言って、口を塞《ふさ》がれるように再び落とされる唇。

「どうだ？　怒りは落ちついたか？」

ゆっくりと唇が離されると、私の頬に手を添え、甘い声で謝ってくる蒼真。

その顔は優しくて甘くて……胸がぎゅっと締めつけられた。

顔は熱いのに、不思議と怒りが静まっていく。

「…………」

「ん？」

言葉を失う私の顔を、覗き込んでくる蒼真。

「なんでキスするの⁉　腕が痛いんですけど」

あっさり私を黙らせた蒼真に悔しさを感じて、恥ずかしさを隠すように文句を言うと、

「わかったわかった。今、氷を用意するからソファに座ってろ」

蒼真は私から身体を離して冷蔵庫に向かおうとした。

そして蒼真が背中を向けた瞬間、私は蒼真のセーターの袖《そで》を掴む。

「さっき怒ってたくせに……なんでいつもみたいに言い返さないで優しくするの」

「そんなのあたり前だろ、俺はあおが好きなんだから……」

「…………」

優しい声で諭してくる蒼真を黙って見つめる。

「だから、俺から離れようとすんな」

私が黙り込んでいると、ふわっと抱き寄せられた。

──ピンポーン‼

蒼真の温もりに包まれて目を閉じかけた時、インターフォンが鳴った。

「！」

──ピンポーン‼　ピンポーン‼　ドンドンッ！

「えっ……誰？　うるさいんだけど……」

「俺が出る」

ムッとしながら玄関《げんかん》に向かう蒼真のあとを、恐《おそ》る恐るついていく。

誰だろう……。

──ガチャッ。

蒼真がドアを開けると、ドアの向こうにはチャラそうな笑顔を浮かべる男子がひとり。

ギョッとした私は、思わず蒼真の後ろに隠れる。

彼は私たちを見ると、大きく目を見開いて──。

「おっ！　蒼真と葵⁉」

蒼真と私の名前を口にした。

「え……」

思わず間抜《まぬ》けな声を漏らす私の横で、呆然としている蒼真。

誰だろう？　こんな知り合いいた？

あれ……もしかして……。

「……春斗《はると》⁉」

「そうだよ、うわーめっちゃ久しぶりー！」

「きゃ！　ちょ、ちょっと！」

相手が春斗であることに気づくと、突然春斗が抱きついてきた。

春斗は私の家の上に住んでいて、小学校卒業と同時に引っ越してしまった幼なじみ。

同じマンションに住んでいて同じ歳だったこともあり、私、蒼真、春斗の三人でしょっちゅうつるんでいたのが懐《なつ》かしい。

だから、春斗が引っ越した時は寂《さび》しくて泣いたっけ……。

それにしても、蒼真と同じくらい背が伸びていてビックリ！

面影《おもかげ》はあるけど、すごく大人っぽくなってるし。

いつまでたっても子どもっぽいままなのは、私だけじゃない⁉

「おい、離れろ」

すると、蒼真が春斗を牽制《けんせい》する。

「あーごめん！　ロスだとハグは挨拶《あいさつ》代《が》わりだからつい。また上の階に住むことになってさー」

「引っ越してきたの春斗だったんだね。なんかガタガタ騒がしいなって思ってたんだ。久しぶりだね～」

「五年ぶりだよ！　って蒼真、久々の幼なじみとの再会なのに何その顔！」

「は？　もともとこういう顔だよ。ったく、邪魔しやがって」

そう言って春斗を睨み、不満げに呟く蒼真。

「え？　どういうこと？」

そんな蒼真を見て、不思議そうにする春斗。

「あっ、蒼真のことは放っておいていいから……っていうか、ロサンゼルスにいたんだ」

余計なことを言われても困るので、慌ててふたりの間に入って話題を変える。

「父さんの仕事は今もロスなんだけど、こっちの大学を受けようと思って俺だけ先に帰ってきたんだ」

「えっ、ひとり⁉」

「うん！」

「じゃあ、ちょうど夕飯時だしカレー食べる？　多めに作っちゃったし」

「え——っ！　葵が作ったの⁉　食べる！」

「すぐに用意するから上がって」

そう言って、私はキッチンへと向かった。

「おい、それ俺のじゃねーのか」という蒼真の声を背中に聞きながら……。

また蒼真のペースに流されそうだったし、ちょうどいいとこに来てくれたかも。

私はホッとしながら、カレーに再び火を入れた。

リビングでは、蒼真と春斗がソファに座って話している。

声はよく聞こえないけれど、笑顔の春斗。一方の蒼真は、いまだ不機嫌《ふきげん》そうな表情を浮かべていて、苦笑いが漏れる。

「ねぇ、蒼真と葵は相変わらず仲いーの？」

「まぁ、ずっと一緒だな」

「……へぇ、なんか……会わない間に変わらないようで変わったたっつーか、葵めっちゃ可愛くなったね」

まさか、ふたりがこんなことを話しているとは知らずに……。

もうひとりの幼なじみ

もうひとりの幼なじみである春斗が日本に帰ってきて一週間――。

「葵！　放課後ケーキ食べに行かない？」

「夕飯作りで忙しいから無理」

「葵、いつ俺と遊んでくれんの？　このあたりのオシャンな店に案内してよー」

「…………」

私たちと同じ学校に転校してきた春斗は、休み時間や学食で隙《すき》あらば話しかけてきた。

――ゴン！

「いいわけねーだろ」

「いだっ！」

蒼真のゲンコツが春斗の頭に振りおろされる。

「てか、春斗はC組だろ！」

「いってぇ〜〜乱暴だな蒼真は」

「日本に帰ってくるなり、毎日あおににまとわりついてんじゃねーよ」

ついには、春斗の胸倉を掴む蒼真。

「きゃあ〜！　イケメン同士がじゃれ合ってる〜」

「尊すぎ〜！」

「誰か、今の写真撮《と》った？」

廊下からは、ふたりの追っかけをしている女子生徒たちの声。

「………………」

私は、この状況に呆れて言葉を失っていた。

これ、いつまで続くの。

静かな日常を返してほしい。

「だって昔みたいに仲良くしたいじゃ〜〜〜ん！　ねっ葵♪」

そう言って、王子さまスマイルで私の顔を覗き込んでくる春斗。

「だから近いっつーの！　毎年、年賀状しか送ってこなかったヤツが、今さらあおに手を出そうとしてんじゃねぇ」

「はぁ〜〜？　手を出そうとなんかしてないし〜。蒼真と一緒にしないでくれる？」

蒼真に胸倉を掴まれようが何を言われようが、ヘラヘラと言い返す春斗。

さ、騒がしい。

「はあ……」

ため息をつきながら隣にいるマキに目を向けると、なぜかマキは顔を青ざめさせていて……。

「ど、どうしよう……葵にモテ期が訪れるなんて、近いうちに日本が沈没《ちんぼつ》するんじゃない⁉」

「ちょっとマキってば、失礼すぎ！　そもそもモテ期って……春斗は私をからかいたいだけだよ」

「そうなの？」

「だって小学生のころなんて『こいつ、かっこよくね⁉』と言って大きい虫をわざわざ見せてきたり、『これすごくない？　芸術的じゃね⁉』って、私の朝顔の鉢《はち》をクモの巣だらけにしてきたり。そのせいで、しばらく虫やらクモやらに追いかけられる夢にうなされてたんだよ」

「げぇ……。マジ？」

私の話にマキが顔を青ざめさせた瞬間。

「えぇっ。からかってなんかないよ！　全部葵が喜んでくれると思ってやってたことなのに〜。心外だな〜」

　春斗が話に入ってきた。

「なに言ってんの！　春斗のせいで、今も虫がトラウマだよ！　無理無理！　昔を思い出したら寒気が……っ」

　まったく悪気がなさそうな春斗に呆れつつ、昔の恐怖《きょうふ》を思い出してブルブルと身体を震わせる。

「たしかに、Gが出たら飛びついてきたもんな。いろいろ空回ってんだよ、春斗は」

　すると、ふふんっと鼻で笑いながら蒼真も話に入ってきた。

「ほんとに悪気はなかったんだよ。ごめんね、葵」

　そして春斗がヘラヘラしながら私に謝った瞬間、

「あっいた……、蒼真くん！」

　蒼真を呼ぶ声がドアのほうからした。

　パッと目を向けると宇津木さん。

　宇津木さんはズカズカと私たちの席にやってくると、蒼真の腕にしがみついた。

「ねぇ、今日の放課後あいてる？　一緒に行きたいところがあって……」

　そして、得意の上目づかいで蒼真に声をかける。

「環……。悪いけど、もうそういうのは付き合えねぇよ」

「そんなこと言わないで……、私は……っ」

蒼真は宇津木さんの腕を振りほどいて断るけど、彼女は懲《こ》りることなく再び蒼真の腕に手を回す。

「ねえ、葵。あの子誰？」

そんなふたりを見て、春斗が小声で尋ねてくる。

「蒼真の元カノだよ」

「ふぅん、蒼真もやるね～」

「………」

無言でそんなふたりのやりとりを見ていたら、

『俺から離れようとすんな』

不意にカレーを手にこぼした時に言われた言葉を思い出した。

この状況で、どうしろっていうの。

いたたまれなくて、今すぐここから離れたくなる。

はぁ……。心の中でため息をつく。

「……ねぇ、じゃあ四人で遊びに行くってのはどう⁉」

すると、春斗が私に目を向けたまま声を上げた。

「え……？」

ちょっと待って。

四人って誰……と思いながら春斗を見ると、春斗は蒼真と宇津木さんのほうを向いていて、

「俺は葵と遊びたいし、環ちゃん……だっけ、蒼真と遊びたいんだよね？　だったら週末、みんなでどっか行こうよ！」

ニコニコの笑顔で、とんでもないことを提案し始めた。

春斗ってば、何を言っているの⁉

蒼真、宇津木さん、春斗、私の四人で出かけるなんて、そんなの無理に決まってるでしょ！

これは、絶対に断らなければ……。

「ハァ〜〜イ！　ノイコミランドへようこそ〜〜！　今日はたくさんのキラキラな世界を楽しんでって下さいね！」

「イエ〜〜イ！」

入り口で流れたアナウンスに、ガッツポーズをして喜ぶ春斗。

ノイコミランドのゲートは親子連れやカップルがたくさんいて賑《にぎ》わっているけど、私の気持ちはどんよりとしたまま。

「って、全員ノリ悪っ！」

春斗が振り返ったのは、まったく喜んでいない蒼真、宇津木さん、私の三人。

週末、本当に四人で出かけることになってしまった。

「……なんでこんなことに」

この話が出てから今朝まで私は行きたくないて言ってたのに、デカイ男ふたりからの強制連行からは逃げられなかったのだ――。

「それでは四名様、行ってらっしゃいませ〜〜」

ゲートをくぐるとキャストに見送られるけど、

「イエーイ！」

ここでもノリノリなのは春斗だけ。

はぁ……。宇津木さんとも気まずいし、勘弁してよ。

まさか、蒼真が春斗の誘いに乗るなんて思わなかった。

何か企んでいるのかな……。

「あお、今日は何も考えないでおまえらしくはしゃげよ、好きだろ遊園地。あおが乗りたいアトラクションに全部付き合ってやるから」

暗い気持ちでゲートをくぐると、肩を抱き寄せられて顔を近づけてくる蒼真。

「え……？」

思ってもみない言葉に蒼真に顔を向けると、

「こないだ泣かせた借り、返させろ」

蒼真は、少し眉《まゆ》を下げて反省しているような表情で私を見つめていた。

……それって、つまり私のために春斗の誘いに乗ったってこと？

バカ蒼真。

そう思いながらも、じわじわと胸が温かくなるのを感じた。

私ってば単純すぎ。

『借り返させろ』なんてえらそうに……」

頬が緩むのを我慢しながら精一杯《せいいっぱい》の照れ隠しで蒼真にそう言うと、蒼真は「ぶはっ」と楽しげに笑った。

「ふたりとも、早く乗りに行こうよ！　ほらっ、環ちゃんも待ってるし！」

少し離れたところで、春斗が手を振っている。そして、その横には宇津木さん。

ふたりの元に行くと、

「はいっ！　この組み合わせで帰りにここで合流ね！　じゃっ」

勝手に組み合わせを決めたのは……春斗。

春斗が決めたのは、蒼真と宇津木さん、春斗と私の組み合わせ。

「ちょっと待て、なんで勝手に分けんだよ」

春斗に詰め寄る蒼真。

たしかに、わざわざ分ける必要はないと思うんだけど。

四人で回ればいいのに。

しかも帰りまでって……。

すると、春斗が蒼真にヒソヒソと耳打ちをした。

何を聞いたのか、少し顔を青ざめさせる蒼真。

何を話しているんだろう。

首をかしげていると、

「てことで何かあったら連絡《れんらく》してね～！　まぁ出ないけど！」

と言って、私の手を掴んで歩き出す春斗。

「え、ちょ、ちょっと、春斗……っ」

結局、私は春斗に引っ張られるようにして、その場をあとにした。

「よし、蒼真もいなくなったし、やっと葵と遊べるチャンスが来たね！」

「え……？」

春斗に連れられるがまま、向かった先は――ジェットコースター乗り場だった。

カタカタカタカタ……と音を立てて、私と春斗を乗せたジェットコースターがゆっくりと上り始める。

そして、春斗のほうに顔を向けた瞬間。

ジェットコースターが、ものすごいスピードで急降下。

「きゃあああああああああああ――っ！」

「わああああああああああっ！」

大声を出してすっきりして、その後も次々と絶叫マシンに乗る私と春斗。

昔から、私は絶叫マシンが大好きなのだ。

小学生のころも蒼真を放置して、こうやって春斗と一緒に絶叫マシンに乗っていたよね。

そんなことを思いながら、何個目かのジェットコースターから降りる。

「あーっはっはっは。はぁ～～。やっぱり楽しい～～！　春斗、次あれ乗ろう……よ？」

「う……うん～～OK……」

テンション高く後ろを振り返ると、ゲッソリして魂《たましい》が抜けている様子の春斗がいた。

「はっ、春斗⁉　ちょっと大丈夫っ？」

ふらふらの春斗に駆け寄る。

「ま、まだまだ……大丈夫……きっと……」

「ごっごめん！　楽しすぎてつい連続で……っ、春斗、こういうの無理だったたっけ!?」

春斗に謝ると、

「無理じゃないけど、さすがに休憩《きゅうけい》も入れずに十連チャンで絶叫マシンに乗って、そこまでぴんぴんしてるほうが不思議だよ……。ゲホゲホッ……」

顔を青くして、むせ始める春斗。

「ちょっ、ちょっと休憩しよ！」

「だ、大丈夫だよ……ノープロブレム～～ゲホゲホッ。あ、ソ、ソーリー……」

フラフラしてよろけて、カップルにドンッとぶつかる春斗。

「そんな状態で帰国女子感を出さなくていいから！」

どこかで、いったん休憩したほうがよさそうだよね。

あたりを見渡すと、空いているベンチが目に入った。

グイッと春斗を引っ張り、ベンチまで連れていく。

「もうっ。いったん休憩！」

そして、無理やりベンチに春斗を座らせる。

「ふぅ……」

ベンチに座ると、大きく息を吐く春斗。

「ちょっと待ってて、お水買ってくるから」

買ってきたペットボトルの水を春斗に手渡すと、ものすごい勢いで飲み始めた。

そして、春斗が落ちついたのを見て隣に腰かけると、

「ちょっと、これ持ってて。でもって、葵の膝を貸して」

春斗は私にペットボトルを手渡すと、ベンチに寝転がり、私の膝の上に頭を乗せた。

「わ！」

膝枕にちょっとビックリしつつ、目を閉じる春斗の顔を見つめると、徐々に顔色は戻ってきていてホッとする。

蒼真とはタイプは違うけど、整った顔をしている。

王子様系で、しかも帰国子女。

そりゃモテるよね。

そんなことを考えながら——数十分後。

「あ〜〜、寝転んだら結構ラクになったかも〜〜。膝も水もサンキュ〜〜」

元気を少し取り戻した春斗が、笑顔でそう言った。

「もー。ほんとにごめんね。こんなになるまで無理して合わせることないのに……

もっとお水、飲む？」

申し訳ない気持ちで謝りながら、私の膝で寝ている春斗にペットボトルを見せる。

「無理なんかしてないよ。葵に笑ってほしかったから」

春斗は膝枕されたままの体勢で手を伸ばすと、ペットボトルを持つ私の手に自分の手を重ねてきた。

そして私の目をじっと見て、ゆっくりと口を開いた。

「久々に再会した日は、なんか泣いたあとみたいな顔してたし」

「えっ……」

春斗……気づいてたの!?

ビックリして目を見開く。

「それからも葵は、ムスッとしているような怒っているような……ずっと不機嫌な顔をしてたからさ」

私、そんな顔してた？

もししていたとしたら、原因は蒼真と宇津木さんで……。

「昔はさ、くだらないことで大笑いして、葵はいつでも楽しそうだったじゃん。そんな葵が大好きで、一緒にいるのが楽しかったから――今日は葵が楽しそうに笑ってくれて、よかったよ。やっぱり葵は変わってなくて、今でも大好きだわ」

そう言ってクシャッと笑った春斗に、胸が温かくなる。

春斗……私を連れ出そうとしてくれたのは、そういうことだったんだ。

「ふふっ！　今日は来てよかった！　ありがとね、春斗の気持ちもうれしいよ」

励《はげ》まそうとしてくれていた春斗にうれしくなって、春斗の頭を撫でながらお礼を言う。

春斗の言うとおり、今日は楽しくて自然と笑顔になっちゃったし、絶叫マシンで大声を出したからなのか、モヤモヤしていた気分も晴れた。

そして、再び春斗に笑顔を向けた瞬間だった。

春斗が少し身体を起こしたかと思ったら、伸びてきた春斗の手に頭がグイッと引き寄せられ……キスをされた。

──ちゅ……。

え……何が起こったの？

春斗が、私にキス⁉

ふいに訪れた春斗の唇の温もりを感じながらも、私は驚きで目を見開いたまま固まっていたのだった。

こんなに好きなのに

【蒼真side】

『……蒼真、雅也たちから聞いたけど、いろいろ自業自得だろ？　ちゃんと自分でケリつけろ。今のおまえは葵に迫《せま》る資格ないよ』

春斗と葵の背中を見送りながら、春斗に耳打ちされた言葉を思い返す。

情けないことに、何も反論できなかった。

雅也と琉生のやつ……ベラベラ喋《しゃべ》りやがって。

そうは言っても、たしかに自業自得なんだけど。

ちっ……。心の中で自分に舌打ちをする。

そして春斗と葵が見えなくなると、俺の袖をぎゅっと掴んで、

『蒼真くん。私……こんな形でも蒼真くんと一緒に来ることができてうれしい。今日は私にチャンスくれないかな』

上目づかいで俺を見つめて言う環に、心の中でため息をつく。

春斗の言葉を聞く前の俺なら、今すぐ葵を連れ去っていた。

だけど、たしかにこんな状態じゃ葵に信用なんかしてもらえない。

ここは春斗の言うとおり、ちゃんとケリをつけなきゃだよな……。


それから、いくつか環の乗りたいアトラクションに乗ったあと、あてもなくブラブラ歩きながら休憩中。

「ん！　このタピオカおいしい！　蒼真くん買わなくてよかったの？　すごくおいしいよ！　いる？」

「いや、俺はいいわ」

葵と離れて環とふたりきり。

当然楽しいわけでも、楽しめるわけもなく。

それより、葵と春斗はどこに行ったんだ。

ばったり遭遇《そうぐう》できねぇかな。

どうしたら環は俺を諦めてくれるのか。

そんなことばかり、ずっと考えていた。

「あっじゃあ、また何か乗りに行く？　私、絶叫系は苦手だから観覧車とか！」

「………」

頑張って俺を楽しませようとする環を無言で見つめると、葵に言われた言葉を思い出す。

『その環って子はどうなの、蒼真の気持ちなんか知らずに優しくされて、それで終われるの？　もしかして本気になってるんじゃない？』

葵の言うとおりだよな。

環は諦めるどころか、日に日に俺に執着《しゅうちゃく》しているような気がする。

でも、ちゃんと言わないと葵と向き合えない。

「……環、俺、今までだいぶ好き放題やってきて、おまえのことも巻き込んで悪かったと思ってる。……ほんとにごめんな。でも俺、あおのことが好きなんだって気づいちまったんだ」

「……っ」

眉を下げて環に謝ると、あからさまにショックを受けた様子の環。

「だからもう、これからはあおだけを――」

そこまで言った時だった。

俺の袖を環が掴んだかと思えば……。

――ちゅ……。

俺の言葉を遮るような不意打ちのキス。

「蒼真くんが誰を想っているかは、なんとなくわかってた……。それでも……っ、蒼真くんと一緒に過ごすようになってからどんどん惹かれるばかりで……。そばにいたいの、いつか振り向かせるから！」

「……っ」

唇を離すと、まっすぐに俺を見つめる環。

その瞳には強い意志が感じられて、俺は言葉を失う。

ふいに周囲から「わー」「きゃー」という冷やかすような声が上がり、立ち止まる客もいた。

俺はその場から逃げるように歩き出す。

「蒼真くん、待って」

環が追いかける声を背中に受けながら、俺は途方《とほう》に暮れていた。

こんなに葵が好きなのに、俺たちの距離は開くだけ。

いったい、どうすりゃいいんだよ。

戸惑《とまど》いのモテ期

「ちょっと……、何するの春斗……！」

「えっいや……、なんか今、葵のことめっちゃ好きだわと思ってつい……」

突然キスをしてきた春斗から、私は焦って顔を遠ざけると、

「『つい』って、春斗の『好き』って幼なじみとしての『ライク』でしょ⁉　キスまでする『好き』じゃないでしょ！」

さらに、ぐいぐいと春斗を押し返す。

「いや……『つい』じゃない……」

体を起こした春斗が口元に手を当てて、何かに気づいたように呟いた。

そして、黙り込んでいる私の頬に手を添えると、

「小学生の時も葵のことが大好きだったけど、日本に帰ってきてからの気持ちも同じだったよ……」

そう言いながら、まっすぐな目で見つめてきた。

――ドキッ。

「え……？」

それは、私の知っている子どものころのあどけない瞳ではなく、成長した〝男の目〟だった。

突然の告白に全身が熱くなり、ドキドキが止まらない。

ちょっと待って。春斗が私のことを好き？　嘘でしょ？

焦りながらも、頬に添えられた春斗の手をどけようと手を動かした時、

「葵……俺と付き合わない？」

畳みかけるように告白され、私は目を大きく見開く。

「は、春斗……な、何を言って……」

焦りから、パッと春斗から顔を逸らす。

「⁉」

すると、どこからか蒼真が現れ……その背後には宇津木さんがいた。

蒼真は明らかにムッとしており、宇津木さんは大きく目を見開いている。

そして、自分と春斗の体勢を見てハッとする。

誰がどう見ても、ベンチでイチャつくふたりにしか見えない。

なんで、このタイミングで現れるの。

告白されたところ、もしかして見られた？

背筋がサーッと冷たくなるのがわかった。

急に固まった私に気づいた春斗が、背後を振り返る。

「えぇ〜〜タイミング悪！　今いいところだったのに！」

そして、煽るように残念そうな声を上げる。

その春斗の言葉に、さらにイラつき始める蒼真。

それは、今にも爆発《ばくはつ》しそうなほどに。

「……っ」

どうしよう。蒼真ってば、むちゃくちゃキレてる……。

って、キレられる筋合いもないけど、こんなところで騒ぎになるのだけは絶対に避けたい。

焦りながらも、なんとかこの場を納めようと春斗を押しのけて立ち上がった時だった。

——グイッ。

いつの間にか目の前まで来ていた蒼真に左手を掴まれた。

「……あお」

まっすぐに私を見つめる。

その日は怒っていたけど、どこか切なげでもあった。

「なっ何……⁉」

何か言われると思い、私は身構える。

「いや……。……悪ぃ、俺、今日は帰るわ」

ところが、蒼真は切なそうに私を見つめたあと、私の手を離して出口のほうに歩き始めた。

「えっ、蒼真くん……っ」

焦って蒼真に呼びかける宇津木さん。

「………」

だけど、蒼真は振り返ることなく歩いていく。

え……？

てっきり、「春斗に気を許してんじゃねぇ！」と言われ、春斗には「あおに何してんだ！」と食ってかかると思っていたのに、予想外の展開。

チラッと春斗を見ると、蒼真の背中を見て何か考えている様子。

宇津木さんは、困ったような表情を浮かべていた。

蒼真、どうしちゃったんだろう……。

結局、元気のない蒼真にテンションが下がってしまった私と春斗と宇津木さんも、解散することに。

宇津木さんとは最寄りの駅で別れ、春斗と一緒にマンションに帰ってきた。

「環ちゃん、駅までいいって言ってたけど、本当に送らなくてよかったのかなぁ。家まで送ってあげたのに。ね～葵！」

マンションのエレベーターのボタンを押しながら、同意を求めてくる春斗。

「う……うん」

「それにしても今日は楽しかったね！　ノイコミランドの絶叫系って結構本格的だしさ～」

「……うん」

「葵が絶叫好きなのはわかってたけど、まさかあそこまで好きだったとは。ちょっとナメてたわ～」

さらに、ペラペラ喋り出す春斗。

うん……んん？

春斗にキスされたり告白されたのって、もしかして幻《まぼろし》だった？

めちゃくちゃいつもどおりなんですけど⁉

何事もなかったかのように話す春斗に、ハテナマークが浮かんで頭をかかえる私。

——ポンッ。

エレベーターが、私の家がある三階に到着《とうちゃく》する。

「じゃ……じゃあね、春斗、今日はありがと」

春斗のほうを振り返ってお礼を言うと、

「葵、さっき言ったことマジだからね？　ちゃんと考えてよ？」

「……っ」

春斗に後ろから肩を引き寄せられ、耳元で囁《ささや》かれた。

——『葵……俺と付き合わない？』

ノイコミランドで言われたことを思い出して、心臓がドキドキし始める。

「んじゃ、晩メシできたら呼んでねー」

——ちゅ。

そして別れ際、私の頬にキスが落とされた。

エレベーターが閉まり、ハッと我に返る。

やっぱり、キスも告白も……ま、幻じゃなかった！

というか、なんで当たり前のように春斗のごはんまで作るハメになってるの⁉

「はあああああ……」

壁《かべ》にゴツンと頭をぶつけて、盛大にため息をつく。

なんだろう……。なんだか面倒くさいことになってきたな。

よりによって、なんで告白してくるのが蒼真と春斗なの⁉

しかも、こんな立て続けに。

こんなの、人生で初めてだよ。

『ど、どうしよう……葵にモテ期が訪れるなんて、近いうちに日本が沈没するんじゃない⁉』

マキに言われた言葉を、ふと思い出す。

ほんとに何か不吉《ふきつ》なことが起こるんじゃないの⁉

頭をかかえながら、家のドアを開けようとして手が止まる。

「…………」

隣に住む蒼真の家の表札【暁】に目をやった。

蒼真は帰ってるのかな……。

夕飯を作ったら呼びに行くか。

そんなことを思いながら、私は部屋に入ったのだった。

それから数時間後。

夕飯を作り終えて時計を見ると、夜の八時十二分を指していた。

――ガチャッ。

蒼真の家に向かい部屋のドアを開けると、

「うわっ。真っ暗じゃん！　蒼真、夕飯できたよ、春斗も呼んでくるからうちに来て……って寝てんの⁉」

ベッドで横になっている蒼真に驚き、思わず大きめの声が漏れた。

「………」

葵に背を向けて横になったまま動かず、無言の蒼真。

寝てるの？

「蒼真！　起きろっ！」

ベッド脇《わき》にしゃがみ込むと、蒼真の耳元で大声を出す。

「……うるせーな、声でけぇ！」

「起きてるなら、さっさと返事してよ！」

「……いろいろ考えてた」

私に背を向けたまま、ボソッと呟くように言う蒼真。

ん？　いろいろ考えてた？

「何を……」

――ギシッ……。

　すると、蒼真は起き上がってベッドに座って私を見た。

「最初から素直におまえに向き合ってりゃ、とっくにあおのバージンは俺のものだったのになって」

「……え？　考えてたって、そんなくだらないこと⁉」

　しょうもない返答に、呆れる私。

「そしたら、ややこしいことにおまえを巻き込むことも振り回すこともなく、ちゃんと大事にできてたかもしんねぇのにな」

　蒼真はそう言うと、口元に手を当てて気まずそうに私から視線を逸らした。

　その顔はどこか泣きそうで、見ているだけで切なくなってきた。

『大事に』って……。

「いっ、今さら後悔《こうかい》しても遅いんだよ！　ほんと今さら！」

「……だよな」

　んん？　いつもなら逆ギレするところなのに、やっぱり今日の蒼真はおかしい。

「どうしたの蒼真、弱音なんか吐いちゃって、らしくないじゃん。早く夕飯食べようよ」

　なんとも言えない雰囲気が漂い、家に戻ろうと立ち上がろうとした時だった。

「あお……」

「え？」

蒼真のほうに顔を向けると、ベッドからおりてきた蒼真とバチッと目が合う。

そして、蒼真は私に手を伸ばしてきた。

だけど、その手は震えていて、驚いた私は目を見開く。

「俺に触れられるの嫌か……？」

すると、蒼真の手が私に触れる寸前で拳をぐっと握りしめた。

切なそうな顔で尋ねてくる蒼真と見つめ合う。

――ドキン。

また、この表情。

なんでこの顔に見つめられると、胸が締めつけられるんだろう。

ずるいよ。ずるすぎる……。

「……っ、いつも偉《えら》そうで強引で自分勝手なくせに……なんでこういう時はそんな顔して私の返事を待つの……」

私がそう言うと、蒼真の親指が許しを請《こ》うように私の唇をなぞる。

蒼真が私にさえもクズで最低な男なら、今すぐにでも突き放すことができるのに、こんなふうに優しく触れられると振り切れない……。

このままこの雰囲気にのまれちゃいけない。

そう思ってさっと蒼真から視線を外した瞬間、ぎゅっと抱きしめられた。

「!!」

蒼真の鼻がうなじに触れ、私を抱きしめる力が強まる。

「……っ蒼真、苦し……っ」

抗議するように声を上げると、ほんの少しだけ蒼真は力を緩めた。

ホッとして息を吐こうとした時、蒼真の唇がうなじに触れて思わず身体がビクッとなる。

「……っ」

すぐに訪れたのは、うなじに感じるチクッとした鈍い痛み。

「そ、蒼真……っ」

「あお……」

そして、うなじにつけたであろうキスマークを蒼真はペロッと舐めると、その部分にキスを落とし始めた。

——ちゅ。ちゅう……っ。

部屋に響き渡る、リップ音と蒼真の荒《あら》い息づかい。

うなじが……全身が熱を帯びる。

「ん……っやっ……」

抵抗しようとするけれど、身体に力が入らない。

私に触れる蒼真の指や唇が微《かす》かに震えてるのを感じるたび、どうしようもなく切なくなって心を許してしまいそうになる……。

「ふ……んっ……っ」

私も蒼真につられるように息が乱れる。

我慢したいのに、止められない。

まだ全部にケリをつけていないままの蒼真を、認めていないはずなのに――。

――プルル、プルルル。

そして、蒼真の唇が私の唇に重なりかけた時だった。

蒼真のスマホが鳴り出した。

ハッと正気に戻り、慌てて蒼真から離れる。

「ったく誰だよ……」

鳴りやまないスマホを取ろうとベッドサイドに手を伸ばす蒼真。

――ドッドッドッ。

鼓動が速くなり、信じられないくらい大きな音を心臓が立てる。

は……春斗が帰ってきた時もそうだったけど、流されなくてよかった。

あのままキスしていたら、きっと……。

つい、いらんことを想像してボボボッと赤面する。

――プルル、プルルルル。

スマホは、まだ鳴り続けていた。

「早く出れば？」

そう言って蒼真のほうに顔を向けるけど、蒼真はスマホの着信画面を見たまま、なかなか出ようとしない。

「……あぁ」

もしかして、宇津木さん⁉

「……もしもし」

蒼真は電話に出ると、真剣な表情で話し始める。

話の内容まではわからないけど、微かに聞こえるのは女の子の声。

やっぱり宇津木さんだ。

「……あぁ、俺もちゃんと話がしたい。わかった、すぐ行く」

蒼真はピッとスマホを切ると、私のほうに目を向ける。

「環からだ、ちょっと行ってくるわ」

やっぱり。

そう思いながら蒼真を見つめ返すと、ポンと頭に手が乗せられた。

「え？」

驚いて目をぱちくりさせていると、

「あお、今度こそちゃんとケリつけてくる」

私の頭を撫でながら、蒼真は真剣な表情を向けてきた。

「だから、覚悟《かくご》して待っとけよ」

——ドキッ。

自信を取り戻したかのような口調の蒼真に、思わず胸が高鳴る。

「か、覚悟って……私は、蒼真のものになるなんて言ってないからね⁉」

だけど、それを隠すかのように私は焦りながら反論する。

蒼真はそんな私を見てクスッと笑うと、

「そんなこと言ってらんねーぐらいに愛してやる」

そう言って、いつもの不敵な笑みを浮かべて見つめてきた。

「〜〜っ」

せっかく冷めたのに、また顔が熱くなる。

さっきまでの、落ち込んでいた蒼真はどこへ行ったの⁉

「な、何そのクサいセリフ！　さっさと行きなさいよ！」

恥ずかしさを誤魔化すように私が叫ぶと、

「俺が帰るまで、春斗を家に呼ぶんじゃねーぞ。じゃーな」

蒼真は偉そうに言って部屋から出ていった。

家に戻り、ソファに寝転がる。

『あお、今度こそちゃんとケリつけてくる』

さっきの蒼真の言葉を思い返す。

でも本当に宇津木さんとケリをつけたとして、今までの行いを簡単に許せるのかな?

ううん、許したくない。

なのに、どうケリをつけて蒼真が帰ってくるのか気になってソワソワするというか、緊張《きんちょう》するというか……。

あのエロボスだけに、今まで以上に容赦なさそう。

『だから、覚悟して待っとけよ』

って言っていたくらいだし。

――ピンポーン。

「ひゃっ!?」

急に鳴ったインターフォンに、ビックリして飛び起きる。

どうしよ、帰ってきちゃった。

でも、早すぎない？

そう思いながら恐る恐る玄関のドアを開けると——。

「葵～～お腹すいたぁ～～晩メシまだ？」

あまりに空腹なのか、ゲッソリした春斗が立っていた。

あ……すっかり春斗のことを忘れちゃってた。

「ご、ごめん！　早く入って」

蒼真には『俺が帰るまで、春斗を家に呼ぶんじゃねーぞ』と言われていたけど、この状態の春斗を放置できるほど、私は悪魔《あくま》じゃない。

それに、私もお腹すいたし。

「ごはんできてるじゃ～～ん。いいニオイ！　なんで呼びに来てくれないの」

リビングに入り、ダイニングテーブルの上に並ぶ料理を見た春斗が文句を言う。

ちゃんと夕飯は作ってあって、蒼真を呼びに行ったところで止まっていた。

「ごっごめん考え事してて……。冷めちゃってるから温め直すね」

「うん、わかった。ありがとう！」

料理を温め直そうとしたところで、

「蒼真は食べないの？」

蒼真の料理に、手をつけられていないことに気づいた春斗が尋ねてきた。

「えっと……蒼真は、宇津木さんに呼び出されてて……」

「え……」

驚いて目を見開き、物言いたげに蒼真の席を見る春斗。

でも余計なことを聞かれたくなくて、

「でも、すぐに帰ってくると思うし、先にふたりで食べちゃお」

「う、うん」

春斗に席につくよう促《うなが》す。

いちおう連絡だけは入れておくか……ってことで、スマホで蒼真に【先に食べてるね】とメッセージを送る。

そして、温め直した料理をテーブルに並べると、春斗の向かいに座って食べ始める。

なんとなく話しづらい雰囲気が漂う中、さっきノイコミランドで春斗に迫られたことを思い出した。

『葵、さっき言ったことマジだからね？　ちゃんと考えてよ？』

そういえば、こっちもどうすればいいの⁉

久々に再会してまだ数日しかたっていないのに、

『小学生の時も葵のことが大好きだったけど、日本に帰ってきてからの気持ちも同じだったよ……』

って、そういうものなの？

蒼真も春斗も……いったい私のどこを好きになったんだろう。

このあと春斗が迫ってきたら、どうすればいいの？

それに、蒼真はいつ帰ってくるんだろう？

あれこれ考えながら食事をしていたせいか、あまり味がしなかった。


「はぁ〜おいしかったぁ、葵がこんな料理上手な女子になっちゃうなんてねー」

食事を終え、ソファに座りながら春斗が満足げに言う。

「しょっちゅう蒼真の夕飯を作らされているんだから、上手にならなかったら損だよ！」

片づけをしながら、淡々《たんたん》と答える私。

「蒼真のことは、もうほっとけば？」

「でも、うちのお母さんの命令だしさ〜。きゃっ！」

すると、急に背後から服を引っ張られ、春斗が顔を近づけてきた。

「これからは、俺のためだけに作ってよ」

そっと私の耳元で囁く。

……やっぱり、春斗とふたりきりなのも油断ならないっ！

「た、食べ終わったんだから、家に帰りなよ〜」

「えー今のお願いはスルーなの？」

春斗の手を押しのけて、そそくさとシンクへ逃げる。

「私は片づけもあるんだから忙しいの！」

「はーい」

お皿を洗い始めると、春斗は大人しくスマホを弄《いじ》り始めてホッとする。

すべての食器を洗い終えて手を拭《ふ》いていた時だった。

「てゆーか、蒼真は何しにあの子と会ってるの？」

「えっ……なんか大事な話をしに……」

春斗に尋ねられたものの、返答に困った私は思わず言葉に詰まる。

「それにしちゃ遅くない？　いつ出てったの？」

「うーん、八時半ぐらいだったかな……」

「もーこんな時間だよ？」

春斗の言葉に時計を見ると、そろそろ十一時。

そういえば、あれから結構時間がたっている。

「今ごろ何かあったりして〜」

「な……何かって？」

ニヤニヤして言う春斗に、つい焦ってしまう。

「だって、あの蒼真が女子と会ってこんな時間まで帰ってこないなんて……わかるでしょ。元カノの環ちゃんとなら、あり得るんじゃない？」

含みを持たせて言う春斗を、じっと見つめる。

な……納得しかできない。

蒼真の過去の行いを思い返して固まりかけるけど、さっきの蒼真とのやりとりを思い返す。

「で……でも。宇津木さんとケリをつけてくるって……」

なんでだろう、今はふたりの間に何かあるなんて思いたくない。

「ふーん……。葵は蒼真のことを信用してるんだね」

気のせいか、どこか不満げな声を上げる春斗。

「えっと……信用というか、そう言って出ていったから……」

私……あれだけ『信用ならない』って蒼真のことを否定しかしてこなかったのに、今はどうしてフォローしているんだろう。

蒼真を思い、シンクに乗せた手をぎゅっ……と握ると、

「春斗……？」

春斗がいつの間にかシンクに近寄り、私の手に自分の手を重ねてきた。

そして、さっきノイコミランドで見せたような真剣な表情で見つめてくる。

「ちょっ……」

次の瞬間、抵抗する間もなく抱き寄せられた。

「は、春斗……どいて……っ」

春斗を押しのけようとして首を動かした時だった。

うなじについたキスマークに、生温かい感触《かんしょく》が訪れた。

「――っ！」

突然のことに、身体がビクッとなる。

「ちょっ……、やっやめてよ春斗！」

必死で春斗の両肩を押して、距離をとろうとする。

すると、春斗が私の目を覗き込みながら、ゆっくりと口を開いた。

「なんで……？　蒼真にもこんなのつけさせてるんだから一緒だろ？」

私が押し黙ると、力任せに私の手首を掴んで強引にキスマークを舐めてくる春斗。

「いっ……っ」

手首とうなじに痛みが走り、顔をしかめる。

「……ち、違う。一緒なんかじゃ……ないっ」

必死で声を絞り出すと、春斗が手首を握る力を弱めて顔を覗き込んできた。

そして、戸惑う私の様子をうかがうように無言で見つめてくる。

「そ、蒼真も強引で今までの行いなんかクズだけど、いつも私の反応を気にしながら優しく触れてきて……」

『ちゃんと大事にできてたかもしんねぇのにな』

さっき蒼真はそう言ってたけど、私のこと、ちゃんと大事にできてるよ。

どうしてだろう。

蒼真のことを考えると胸がトクンと高鳴って、泣きたくなるのは……。

ふいに春斗が掴んでいた手を離したかと思ったら、

「ごめん……」

そう言って、ぎゅっと抱きしめながら謝ってきた。

「葵……蒼真のこと、好き？」

「え……っ」

思いがけない質問に戸惑いながらも、蒼真の切なそうな顔が頭をよぎる。

蒼真のことが好き？

私は、蒼真が好きなの？

どう答えるのが正しいの？

「………」

そう自問自答していると、

「やっぱ今のは……なしっ！」

抱きしめていた私から、パッと手を離した春斗。

「……っ⁉」

え、『今のは……なし』って何？　ど、どういうこと？

私が混乱していると、

「葵が俺に夢中になってくれた時に、春斗のほうが好きって言わせちゃお！」

春斗は笑顔で言いながら、そそくさと私から離れる。

「だから、今度はふたりきりでデートしてよ。じゃ俺は帰って寝るわ～～。おやすみ」

さらにそう続けると、リビングのドアをガチャッと開けて出ていった。

私の家を出たあと、

「あーあ……。葵に笑ってほしいなんて言っておきながら、何やってんだよ……」

春斗が自分のしたことを反省していたとは知らずに、私は春斗が出ていったドアを呆然として見つめる。

『葵……蒼真のこと、好き？』

どう答えていいかわからなかった。

そういえば、前に宇津木さんにも同じようなことを聞かれた。

『来栖さんって、蒼真くんのこと……好き？』
『えっ⁉　私……⁉』
あの時も答えられなかったけど、嫌いなのかって言ったら、それは違うような……。
あの時から、私の気持ちも変わっているのかもしれない。
「はぁ……」
ソファに寝転がり、ため息をつきながら考える。
私も、そろそろ蒼真に向き合わないとだよね。
そういえば、蒼真っていつ帰ってくるのかな。
夕飯があるから寝れないじゃん。
またメッセージでも送っておこうかな。
そう思ってスマホを取り出し、メッセージアプリを開く。
あれっ、既読《きどく》ついてる。
でも返せないってことは、何かあったのかな。
『あの蒼真が女子と会ってこんな時間まで帰ってこないなんて……わかるでしょ』
――ドクン。
ふと春斗の言葉が頭をよぎり、心臓が嫌な音を立てた。

ケリがついたら

【蒼真side】

ノイコミランドから帰って、夕飯の支度ができたと呼びに来た葵と、せっかくいい感じになった時にかかってきた一本の電話。

——環だった。

出るか迷ったけど、ここで出ないと同じことの繰り返しになって、葵を傷つけるだけだ。そう思い、意を決して電話に出た。

「……もしもし」

《あっ蒼真くん、あの……昼間の話の続きをちゃんとしたくて……今から会えないかな。小森坂駅の駅前にいるんだけど》

「……あぁ、俺もちゃんと話がしたい。わかった、すぐ行く」

そして、俺は家を出た。

小森坂駅前につくと、すでに環がいた。

「……環」

「蒼真くんごめんね一度帰ったのに……」

声をかけると、環は俺に駆け寄り、申し訳なさそうに言う。

「いや……」

「昼間も……いきなりキスなんかしちゃってごめんなさい。謝りたかったの……それに、まだ言えてなかったことを伝えたくて……」

「………」

なんとなく何を言われるかわかって、無言のまま環を見つめていた。

「私、蒼真くんのことが好きです」

そう言って、俺をまっすぐに見上げてきた環。

「……ごめん。俺も昼間ちゃんと言えてなかったけど、俺はあおのことが好きだ。こんな感情を持ったのはあおだけで、この先も揺らぐことは絶対にない。俺がそばにいたいと思うのは、あおなんだ」

「………」

環は一瞬表情を曇《くも》らせたけど、まばたきもせず俺を見ている。

「今までさんざん振り回した分以上に、これからはあおだけを大事にしていきたい」

「………」

そして、俺は無言のまま環に頭を下げた。

「だから、環の気持ちには応えられない」

俺の精一杯の気持ち、どうか伝わってくれ。

そう思いながら、ぎゅっと目を閉じる。

次の瞬間、両腕に環が触れたのがわかり、ハッとして顔を上げる。

すると、環は目を潤ませていた。

「……ありがとう。もう蒼真くんの気持ちは固いんだろうなって、諦める決心がついたから。はっきりフッてもらってケジメをつけたかったの」

「…………」

俺が何も言えず言葉に詰まっていると、環は笑顔を笑顔になり、

「……はぁ、あーなんかスッキリした！」

涙目になりながらも、どこか納得できた様子を浮かべていた。

声も、どこか明るい。

環の性格的に、明るく振る舞っているだけかもしれないけど……。

「環……」

「蒼真くんちょっと変わったね、今のまっすぐな蒼真くんのほうがより好きかも！

あはは。その誠実な気持ち、来栖さんに伝わるといいね」

そして、吹《ふ》っ切れたように言う環。

「……あぁ」

よかった……。

わかってもらえて、思わず安堵《あんど》の息が漏れる。

「じゃあ……また学校で」

そう言って身体の向きを変えた環に、思わず声をかける。

「遅いし送るよ」

「えっでも……」

夜の十一時をすぎてるし、さすがに送ったほうがいい。

環は遠慮しているけど、何かあったら後味が悪すぎる。

「あ……悪い、ちょっと待って……」

すると、ブブッ……とポケットの中で鳴り、スマホを確認する。

メッセージアプリを開くと、葵からの【先に食べてるね】のメッセージ。

すぐに【今から帰る】と入力する。

「私の家、すぐ近くだから、ひとりで大丈夫だよ。じゃあね！」

ところが送信ボタンを押す前に、すぐ近くの横断歩道に向かって歩き出す環。

「ちょっ、危ねぇって……」

大声で引き留めるけど、環は俯《うつむ》いたまま歩き続ける。
信号を見ると、歩行者側は点滅《てんめつ》している。
さすがに立ち止まるよな……。
そう思っていたのに、誰も渡っていない横断歩道に環は足を踏み入れた。
「環……っ！」
俺は叫ぶように環の名前を呼ぶと、スマホを片手に走り出す。
次の瞬間──歩行者側の信号が赤に変わる。
すると、先頭で停止していたバイクが走り出した。
俺は横断歩道に入り、環の身体を全力で押す。
──ドンッ……！
「きゃあああああああああー!!」
身体に鈍い衝撃《しょうげき》を感じたと同時に、自分が道路に倒れるのがわかった。
そして、すぐ近くで上がった悲鳴を聞きながら、自分が轢《ひ》かれたことに気づく。
真っ先に頭に浮かんだのは笑顔の葵だった。
葵に逢《あ》いたい……。
そう思いながら、俺はゆっくりと目を閉じた。

思い出と約束

——チュンチュン。

スズメの鳴く声に、ゆっくり目を開く。

「も〜〜。蒼真待ってたらそのままソファで寝ちゃったんだ〜。しかもスマホを持ったままって……」

今、何時だろう。

スマホを見ると、朝の六時になったばかり。

ソファから起き上がると、ダイニングテーブルの上に残されたままの晩ごはんが目に入った。

え……まだ帰っていないの？

焦ってスマホのメッセージアプリを開き、蒼真からのメッセージを確認する。

連絡も……ない。

「…………」

環と蒼真のキスを思い出してしまい、昨夜ふたりに何かあったのではと不安になってしまう。

――プルルルル。

「うわっ⁉」

急に鳴ったスマホに驚きながら着信画面を見ると、

「えっ、お母さん⁉」

着信はお母さんからで、さらに驚く。

まだ夜勤中のはずなのに……そう思いながらも、嫌な胸騒ぎを覚えて電話に出る。

「……もしもし？」

《よかった起きてて。落ちついて聞いてね。昨日の夜、蒼ちゃんが事故に遭《あ》ったの》

「え……？　蒼真が事故――？」

お母さんの言葉に、呆然として頭が真っ白になる。

――あの時もそうだった。

子どものころ、夜勤中のお母さんから一本の電話がかかってきた。

――《あお……お父さんの病気ね、癌《がん》なんだって……》

お母さんの言葉に、眠気《ねむけ》が一気に吹き飛んだのを思い出す。

あの日から、夜勤中のお母さんからの電話は、私の中でトラウマになっていた。

《……あお……あお！　聞いてる？　》

「あ、ごめん。ちょ……ちょっと待って……、え……事故って……蒼真は……大丈夫なの？」

お母さんの声に、ハッと我に返る。

ドクンドクンドクンと鳴る心臓に。ぎゅっ……と手で服を握りながら尋ねる。

《うん、命に別状はないわ。だけど昨日の夜、救急車で運ばれてきたのが蒼ちゃんだったから驚いたわよ！　一緒に付き添ってきた女の子がバイクと接触《せっしょく》しそうになって、それをかばってはねられたんだって。打撲《だぼく》と擦《す》り傷と……足の骨折もしちゃってたけど、一通り検査もして他は異常がなかったから大丈夫よ。連絡が遅くなっちゃってごめんね。他の急患《きゅうかん》も入ったりでバタバタで》

「…………」

ビックリしたのとホッとしたので頭がごちゃごちゃで、思考が回らず言葉が出てこない。

《とにかく、心配ないからね？　ただ、入院はすることになったから、蒼ちゃんの着替えとか持ってきてほしいんだけど》

「うん、無事ならよかった。あとでいろいろ準備して持ってくよ。連絡くれてありがとうね、お母さん」

《あお……、もう元気出して！　未来の奥《おく》さんなんだからしっかりしなさい！　ほらっ準備して！　お母さんまだ仕事があるから頼んだわね》

「うん、わかった」

そこで、電話が切られた。

「……誰が奥さんだよ……」

お母さんに突っ込むのを忘れたことに気づくけど、心配と安堵で、スマホを持つ手がまだカタカタカタカタ……と震えている。

帰ってこないと思ってたら、そんなことになっていたなんて……。

「はぁ……。よかった、無事で……」

手の震えを止めるように、スマホを持つ手をぎゅっと抱きしめる。

あれは、小学生の時——。

『あお、一生かけて夢叶えようぜ』

蒼真と指きりして誓《ちか》った夢が奪われなくてよかった。

『おじさんが言っていた〝精一杯人生を生き抜く〟って夢。一生かけて叶えようぜ』

お父さん……蒼真を守ってくれてありがとう。

蒼真、あの時の指きりを覚えてるかな……。

――お父さんが癌で、お母さんが働く病院に入院していたころのこと。

お父さんの病室で、蒼真と私は些細《ささい》なことでケンカをしていた。

ついカッとなった私が、蒼真に手を上げた時。

『葵！　暴力はダメだ！』

お父さんに思いきり怒られた。

『だって蒼真が悪いんだよ！　葵のことバカって言ったんだもん！』

『だったら口で言い返しなさい』

『……うっ』

私が言い訳をすると、お父さんに諭《さと》されシュンとする。

だけど、すぐに開き直って、

『口じゃ蒼真に勝てないんだもん――っ！』

再び言い訳をする私。

『勝てないからって手を上げるのは弱虫のすることだ。思ったことは気が済むまで言い合いなさい。お互いにわかり合えるまで精一杯にな。これは約束だ。わかったか？』

すると、お父さんは私の頭を撫でながらそう言ったんだ。

『わかったか？』

お父さんの真似をして、ニヤリと笑いながら私に向かって言う蒼真。

カチンと来た私だったけど、

『バカ蒼真！　バーカバーカ！』

そう返すのが精一杯だった。

『あっはは。葵と蒼真くんは本当に仲がいいなぁ！』

どこが仲いいの？　と思っていると、

――ガラッ。

病室のドアを開けて入ってきたのは、仕事休憩中のお母さん。

『ほーんと、仲よし！　ほらオヤツ買ってきたわよ』

お父さんの声が聞こえていたのか、お母さんは私たちに呆れながらも笑っている。

『『どこが！』』

私と蒼真は、そんなふたりに向かって同時に抗議する。

『ほらハモった！』

私たちを見て、お母さんは大笑い。

『そんなふうに蒼真くんとケンカしたり笑ったり泣いたり怒ったり、生き生きしてる葵が父さんは大好きだぞ』

そして、お父さんの優しい言葉に、

『えっほんとー？　やった！』

すぐにその気になってしまう単純な私。

すると、お父さんは私をまっすぐに見つめて、こう言った。

『父さんの夢はな、葵が精一杯人生を生き抜くことだ。だから葵、つらいことも楽しいことも全部かかえながら、思うように生きて人生を生き抜け』

すべての意思がこもったお父さんのその言葉は、私の心に強く響いた――。

その後に行われた、お父さんの葬儀《そうぎ》の日。

ほとんどの参列者が帰って、残っていたのは親戚《しんせき》と、蒼真と春斗の家族だけになっていた。

『長い間、頑張ったわね……』

帰りがけの蒼真のお母さんが、私のお母さんに声をかけている。

『うう、ありがとう』

涙を拭きながら、お礼を口にするお母さん。

私はふたりのやりとりから目を逸らすと、ぎゅっ……と自分の服を両手で強く握りながら、祭壇《さいだん》にあるお父さんの写真を見つめた。

私は泣かない。泣いたら、お母さんやみんなに心配かけちゃう。

そう自分に言い聞かせていた。

そして、お父さんにも『私は大丈夫』と伝える。

『葵……大丈夫？』

すると、葬儀に来ていた春斗が声をかけてきた。

『うん大丈夫だよ！』

『そっか、さすが葵だね！　よかった。何かあったら言ってね、すぐ飛んでくるから！』

明るさを装って春斗に笑顔を向けると、春斗も笑顔を返してくれる。

『ありがとね春斗！　また明日』

そして、笑顔のまま手を振って帰っていく春斗。

『バカ』

春斗を見送っていると、後ろから声をかけられた。

『……は？』

言われた言葉に驚いて後ろを振り向くと、そこに蒼真がいた。

蒼真は私をバカにしたような顔をしていて、再び口を開くと、また『バーカ』と言った。

カチンと来て、思わず手を上げそうになる私。

『あお！　何してるの……っ！』

すると、それに気づいた私のお母さんが、私を制止する。

『だってこんな日に……っ、こんな時に……！』

意地悪な蒼真に怒る私。

だけど、そんな時だった。

――『勝てないからって手を上げるのは弱虫のすることだ。思ったことは気が済むまで言い合いなさい。お互いにわかり合えるまで精一杯にな。これは約束だ』

お父さんの言葉を心の中で思い出す。

『～～っうぅ……っ』

その瞬間、涙があふれて止まらなくなった。

お父さん……ごめんなさい……と、心の中で謝る。

お父さんとの約束を破りそうになったし、泣かないって決めたのに泣いちゃって。

ふいに、ぎゅっ……と抱きしめられ、私は目が点になる。

私を抱きしめていたのは、蒼真だった。

『泣きたいなら泣けよ、怒りたいなら怒れ、殴《なぐ》りたいなら殴っていいから、こんな時こそ気が済むまで思ってることぶつけろよ、我慢すんなバカ』

そしてそう言うと、抱き寄せた私の頭を撫でる蒼真。

『ふ……っ。うあぁぁぁ……っ』

蒼真の言葉に、温もりにホッとして、今まで我慢していたものが一気に溢れ出した私は、蒼真に抱きつき思いきり泣いてしまった。

お父さんに教えてもらったように、悲しみも寂しさも悔しさも全部、その時の感情をちゃんと言葉にしながらぶつける。

その後も蒼真は私が泣き疲れて眠るまで、ずっと手を握ってそばにいてくれた。

そして、私が目を覚ますと突然指きりをしてきて、

『おじさんが言っていた〝精一杯人生を生き抜く〟って夢。一生かけて叶えようぜ』

そう言って、笑顔を向けてきた。

『うん約束！』

私も蒼真に笑顔を返し、ふたりで笑い合ったのだった――。


「蒼真……」

思い返せば、本当に蒼真は私のことをずっと大切にしてくれてたな……。

蒼真を思って思わず名前が口に出る。

『私は蒼真のものになるなんて言ってないからね⁉』

『だからそんなこと言ってらんねーぐらいに愛してやる』

昨日のやりとりを思い返す。

私とのことで頭いっぱいで、自分の今までの行いにケジメをつけるためとはいえ出ていって、事故っちゃうなんて……。

「私にバカバカ言っといて、蒼真のほうが大バカ野郎《やろう》だ……」

スマホを。ぎゅっ……と握りしめる。

今までの蒼真とのやりとりを思い出しながら、つい笑みが漏れる。

蒼真、今どんな顔してるのかな。

とにかく早く蒼真の顔が見たい——。

そう思いながら、入院の支度するため蒼真の家に向かった。

第三章

めちゃくちゃ愛しいよ

はあっはあっはあっはぁっと息を切らしながら、蒼真が入院している小森坂総合病院に到着した。

「院内は走っちゃダメよー」

「すみません！」

病院の看護師さんに注意され、焦って謝る。

高校生にもなって注意されるなんて恥ずかしいし、そんなに焦っていた自分にも驚く。

蒼真の病室がどこか、お母さんに聞き忘れた。

「来栖さんっ……！」

病室を聞こうと総合窓口で声をかけようとすると、声をかけられる。

え、誰？　と思いながら振り返ると、

「宇津木さん！」

宇津木さんが片手にバッグを持って、私のほうを見ていた。

私は宇津木さんに駆け寄る。

「蒼真は……!?」

「あ……さっき目が覚めて……」

きっとまだ混乱しているし、もしかして寝ていないのかもしれない。

顔色も悪いし、目の下にはクマがあった。

ふと、宇津木さんの足元に目がいく。

「ケガ大丈夫!?」

足には包帯が巻かれ、両膝には大きめの絆創膏も貼られていた。

「私は全然……処置も済んでお会計も終わったし」

「でもいろんなとこケガしてるじゃん、動いて大丈夫?」

「……っ、ごめんなさい……っ!」

私の言葉に、泣きながら謝る宇津木さん。

「私のせいで蒼真くんに大ケガさせてしまって……っ。ちゃんと信号を見ずにバイクが来てる横断歩道に飛び出しちゃって、蒼真くんが庇《かば》ってくれたんだけど、私のせいで……っ、私があんな時間に呼び出さなければ……」

事情を話して謝りながら、宇津木さんが泣き出す。

宇津木さん……目も真っ赤だ……。

〝私のせいで〟って、きっとすごく泣いたんだろうな。

「ほんとにごめんなさ……」

何度も謝ってくる宇津木さんの頬を、私は両手で〝むにゅっ〟と挟《はさ》む。

「もぉー。そこまで気にしなくて大丈夫だよ！　行くって決めたのは蒼真なんだし！　蒼真が庇ったおかげで宇津木さんも無事なんだから、ほんとによかったよ！

蒼真も生きてるんだし！　ねっ」

さらに彼女の頬を、むにゅっむにゅっむにゅっと揉《も》みながら声をかけると、宇津木さんは泣きながらも目をぱちくりさせて驚きの表情を浮かべた。

「でっでも……っ」

「『でも』じゃないの！」

それでも何か言いかけた宇津木さんを、明るく制止する。

なんだか、このまま宇津木さんを帰しちゃいけない気がした。

ひとりで帰れそうな状態じゃないし、ずっと自分を責め続けちゃいそうで。

蒼真がどんな状態でいるのか心配だし、今すぐにでも顔が見たいけど――。

「宇津木さん、ケガしてるところ申し訳ないんだけど、これ蒼真の荷物なんだ。看病をお願いしてもいい？」

用意してきた蒼真の荷物を宇津木さんに手渡すと、

「え……？」

宇津木さんは、驚いて目を見開く。

目を覚ましたところまでは看《み》ていてくれていたっぽいけど、もしかしたら蒼真とちゃんと話ができてないかもしれない。

「蒼真が早く回復するために世話して元気づけてやって。それが今、宇津木さんにできること！」

そう励ますように宇津木さんに言う。

今、蒼真のそばにいたほうがいいのは宇津木さんだ……。

それでもまだ暗い顔をしている宇津木さんに、ぐいーと顔を近づけて再び元気づける。

「ほらほら、泣いてばかりじゃなくて、しっかりやってよ？」

「ちょっでも……っ、私はもう蒼真くんにははっきりフラれたから……。来栖さんのそばにいたいって、だからこれはあなたが持っていってあげて……」

「!!」

ところが、宇津木さんから返された言葉に、今度は私が驚かされる。

――『ちゃんとケリつけてくる――』

蒼真が言っていた言葉を思い出す。

蒼真に、早く蒼真に会いたい……。

——ぎゅっ……。

服を両手で握りながら強く思うけど、今は宇津木さんの気持ちを少しでもラクにしてあげなきゃ……。

「ごめんね、私が泣いてばかりだから……」

「あ、ちょっと待ってて」

涙を拭《ぬぐ》いながら呟くように言う宇津木さんをその場に待たせて、自動販売機《はんばいき》でブラックコーヒーを買う。

『ごめん』は、もうなしだよ。だから、蒼真にはさっさとケガ治して帰ってこいって伝えといて」

そして、購入《こうにゅう》したブラックコーヒーを宇津木さんに手渡した。

「それ蒼真がお気に入りのコーヒー！　いつもそればっか飲んでるから渡してあげて！　ちゃんと責任を持って看病してあげてね！　んじゃ！」

そう言いながら手を上げて、私はその場から立ち去る。

「えっ、来栖さ……っ」

後ろで私を呼ぶ声がするけれど、私は立ち止まることなく宇津木さんが見えなくなるところまで歩いていった。

「やっぱり、あの子には適わないなぁ……」

そんなことを宇津木さんが言っているとも知らずに――。


――キィ……。

向かったのは、病院の屋上。

今日は快晴だ。

「……はぁ、久しぶりに来たなーここ」

屋上に入り、少し進んだところに寝転ぶ。

まだ小さかったころ、お父さんのお見舞《みま》いや、お母さんの仕事が終わるまで、蒼真とよく遊んでいた場所。

「強がってないで、顔くらい見に行けばよかったかな……」

でも、私がいたら宇津木さんに気をつかわせちゃうだろうし、今一瞬でも蒼真の顔を見ちゃったら……たぶん宇津木さんの前でも涙が止まらなくなると思う。

そんな姿、今の宇津木さんに見せられないし。

まるで彼女を責めているみたいになっちゃう。

「あ～～～もうっ！　だからってこのまままっすぐ家に帰る気にもなれないし！

気も晴れないままだし！　どうしたらいいのかな……」

むくり……と起き上がって、自分の髪をぐしゃぐしゃにしながら、ひとり呟く。

今、スマホが使えているのかわからないけど、蒼真のスマホに【バーカ】ってメッセージでも送ろうかな……。

さっさとケガを治して、私の隣に戻ってきてよ……。

そんなことを思いながらスマホを見ていると、スマホがブルッと震え始めた。

恐る恐る見ると——着信画面には蒼真の名前。

「!!」

「もっ、もしもしっ」

焦りながら電話に出ると——。

《おまえ、ふざけてんのか》

呆れた口調の蒼真。

「………」

第一声が思っていたのとは違う言葉で、少しムッとする。

しかも、まったく弱った様子も感じられない。

本当にバイクに轢かれたのだろうか……。

《見舞いにも来ないまま帰るんじゃねーよ》

私が押し黙っていると、蒼真は文句を言い続ける。

「かっ帰ってないし！　ちょっと屋上で一休みしていただけで……」

焦って言い訳するけれど、

《……》

信じていないのか、無言の圧だけが伝わってくる。

「っていうか、宇津木さんは……？」

《荷物だけ置いて帰った。おまえのおかげで気持ちが救われたって。だから、責任を持って俺の看病しっかりしろって伝えといて、だって》

それ、私が彼女に言ったことだよ。

……宇津木さん、私の気持ちに気づいていたんだね。

《……ったく、環とはケリついてんのに、環に荷物を託《たく》して看病してやれって、バカか、おまえは。逆に環が気をつかってたわ》

「バ……!?　それ、私が言うべきセリフでしょ！」

バカと言われ、思わずカチンとしてしまう。

《は？　バカにバカなんて言われたくねーよ》

だけど、蒼真は懲りずにバカと言ってくる。

まったく、相変わらず、あー言えばこー言う。

でも、いつもの蒼真でホッとする。

事故なんてなかったかのような、いつもどおりの――。

「……っ」

そんないつもどおりの蒼真にホッとして、涙が込み上げてくる。

《……バカだな、泣きたいなら泣けよ、我慢すんな》

私が泣いていることに気づいたのか、蒼真の声が優しくなった。

『バーカ』

『泣きたいなら泣けよ、我慢すんなバカ』

お父さんの葬儀の日に、同じようなやりとりがあったことを思い出して、余計に涙が込み上げてくる。

「ふ……っ。そ、蒼真……」

《……やっぱ泣くな、俺のいないところで泣くな。あおが泣く時は、俺が抱きしめてやるから》

蒼真の優しい言葉に、さらに涙が溢れ出す。

あの時とひとつだけ違うのは、私の前に蒼真がいないってこと。

「こんな時こそそばにいてよ、大バカ蒼真ぁ～～～」

――キィ。

ふと屋上のドアが開いて、ハッとしてそちらに目を向ける。

すると、はぁはぁと息を切らしながら、松葉杖《まつばづえ》をついてやってくる蒼真がいた。

「おまえが来いっつーの……、ケガ人を歩かせやがって」

蒼真は松葉杖をついているのに、スマホを器用に顔と肩に挟んでいる。

「はっ⁉　えっ⁉　ちょっ何してんの⁉」

突然息を切らしながら現れた蒼真に、泣きながら驚く私。

「――っ！」

そして、ふいにバランスを崩した蒼真がガクッとその場に倒れ込む。

私は慌てて蒼真の元に駆け寄った。

「そ、蒼真！　何してんの、動いて平気なの⁉」

「おまえが屋上にいるっつったんだろーが。はぁ……。疲れた……」

だからって、その状態で電話しながらここに来たの？

「……っバ……」

――ぎゅっ。

「バカ蒼真」と言おうとすると、蒼真が抱きしめてきた。

「目ぇ覚めて状況がわかって、おまえがどんな顔してんのかとか、どんな気持ちでいるのかとか、心配して泣きそうなのに、また我慢してんのかもって考えたら、すぐにでも抱きしめてやりたかった」

「こんな時でも私のことばっかりって……」

ぎゅうっと、蒼真を抱きしめ返す。

もうどこへも行かないで。

そんな気持ちを込めて、強く抱きしめ返した。

「当たり前だろ。でも……よかった。またおまえに触れられて、おまえとの約束を破らずに済んで……」

蒼真がそこまで言った時、私は蒼真から少し身体を離す。

「バカ……ッ」

──ちゅ。

そしてそう言ったあと、蒼真の頬に手を添えて──自分からキスをした。

それは、ほんの一瞬触れるだけのキス。

すぐに蒼真から唇を離すと、

「好きだよ、バカ〜〜〜」

私は泣きながら叫んだ。

ほんとによかった、蒼真が無事で元気でちゃんと伝えることができて。

「うあぁぁ〜っ！」

「フハッ。おせーんだよこの鈍感女」

まだ泣き続ける私を見て、蒼真が笑う。

こんな時でも憎たらしい。

その上、私の心を容赦なく掴んでいくから、ほんと憎たらしくて、でも、めちゃくちゃ愛しいよ――。

「好きだ、あお」

「……っ」

――ちゅう……っ。

私たちは再び抱き合って、長くてとびきり甘いキスをした。

いつもどおりに、いつも以上に、蒼真がそばにいる。

当たり前にあったことだけど、それがこんなにも幸せなことだったんだな……。

そう考えながら、蒼真の甘いキスに身をゆだねていた。

ところが――。

――プチ……プチプチプチ。

私の服のボタンが外される音にハッとする。

次の瞬間、蒼真がはだけた胸元にキスをしてきた。

え……ここは病院なんですけど。

しかも、蒼真はケガ人！

「ちょ、何してるの⁉」

ドンッと蒼真を押しのける。

「なんだよ……。普通そんな乱暴にケガ人を押しのけるか？」

「蒼真が普通じゃないからだよ！」

「……あぁ悪ぃ。さすがに初めてはベッドがいいよな。そりゃ、そうだよな。おばさんが個室を手配してくれたし、病室で初エッチってのも、それはそれで燃えるかもな」

大ケガをして、少しは大人しくなると思ったのが間違いだった。

……やっぱり、蒼真はクズなケモノだ。

「……蒼真、もっと検査してもらったほうがいいよ……？　頭も打ったんでしょ？」

ケガをして、しかも病院だというのに、エッチなことをしようとする蒼真にドン引きする。

「は？　正常だろって、まさかおまえ……俺を好きって言っといて、何もさせねーつもりか？　そんな拷問《ごうもん》を俺に受けさせるのか？」

真顔で真剣に訴《うった》えてくる蒼真。

「はぁーまったく。真顔で言わないで……」

呆れるあまり、盛大にため息をつく。

そうだ、忘れちゃいけない。蒼真のこれまでの悪行を。

私は立ち上がると、外されたボタンをつけながら言い放つ。

「調子に乗りすぎ！　好き……とは言ったし、蒼真の私への愛は認めるけど！　今までのクズっぷりを許したわけじゃないからね」

「ぐ……。それは俺が悪ぃけど、もうどうしようもねーだろ」

「だ！　か！　ら！　簡単に私のすべてはあげない！　せいぜい飢《う》えればいい！　それが蒼真への罰《ばつ》だ！」

それで蒼真の心が変わるならそれまでだし、今度は私が蒼真を振り回してやる。

そう言いきったところで、手を掴まれて引き寄せられる。

「ちょ、ちょっと……」

「……わかった――」

――ペロッ。

蒼真はそう言うと……私の唇を舐めた。

しかも、蒼真の舌は私の唇を割って入ってきて……。

「んっ、は……っんっ、んん……っ。ちょっ……」

逃れられず、息が上がる私。

「ちょっ……」

やっとの思いで蒼真の胸を押すと、蒼真は私を見てニヤッと笑っていた。

まるで肉食獣《にくしょくじゅう》が餌《えさ》を見つけた時のような目で……。

「おまえが俺を求めちまうくらいに大事にしてやるから、もう容赦しねーよ」

「は……、はぁ……っ」

全身が熱くなり息を切らしていた私は、その言葉に反論することができず――その瞳に捕《と》らえられて固まっていた。

「あお、口開けろ……」

そして、再びキスを迫ってくる蒼真に抗えず、私はキスの海に溺れたのだった。

「マキーッ！　助けて！　蒼真に犯される――っ！」

《え？》

「早く！　助けて～！」

《あんたたち、何してんの……》

病院の屋上で蒼真と格闘しながら、電話でマキに助けを求める。

数時間後――。

——ガラッ。

【暁蒼真様】と書かれた六〇三号室の病室のドアが開かれる。

「葵！　無事か⁉」

「……心配する相手、間違ってんぞ」

春斗の第一声に、ベッドで横になりながら文句を言う蒼真。

「蒼真！　葵に何したの⁉」

「あ？」

詰問《きつもん》する春斗に、蒼真がムッとした声を上げる。

「葵がいないぞ⁉　もしや蒼真に汚されたショックでも受けて——」

そして、キョロキョロと私を探しているであろう雅也の声がする。

みんなが来てホッとした私は、病室のドアを開けて登場。

「やあ〜みんな来るのおっそいよ！　学校おつかれ！」

笑顔で現れた私に、みんなが目を見開く。

「……なんだ葵、めちゃ元気じゃん。てか、どこにいたの」

「あの電話はなんだったのよ」

琉生とマキが、不思議そうな顔で尋ねてくる。

「私にとっては緊急《きんきゅう》事態だったんだよ！」

「ったく……。あのあと俺を放置したかと思えば、どっかに行きやがって」

蒼真から逃げた私は、看護師さんに屋上まで迎えに行くように頼んだのだ。

「あのあと……？」

あのあとって、なんのあと？　と、疑問に感じている様子のみんな。

「蒼真みたいなケモノと、病室にふたりきりでいられません！」

そして、母に頼み込んで隣の仮眠室《かみんしつ》に避難していたのだ。

「自分の気持ちを認めたなら、素直に俺に愛されてろよ」

「蒼真の愛し方はエロすぎるの」

「は？」

ギャーギャー言い合う私と蒼真を見ていたみんなが、おろおろし始める。

そんな中、ひとり冷静だった琉生が、

「……もしかして、おまえらくっついた？」

まさかの爆弾発言。

「はっ⁉　えっ⁉　マジで⁉」

「キャーッ。ちょっと葵！　詳《くわ》しく教えなさいよ⁉」

琉生の言葉に、驚いて騒ぎ出す雅也とマキ。

「いや……。くっついたというか、なんというか……」

「どっちよ！」

はっきりしない私に詰め寄るマキ。

「えっと……その……」

「春斗……俺、葵と付き合うことになった」

まだ私が言い淀んでいると、春斗に向かってはっきり告げる蒼真。

「…………」

病室内が一瞬にして静まり返り、みんなが一斉に蒼真と春斗を見る。

「俺が葵に迫る資格がないって、それはほんとおまえの言うとおりで、今までやってきたことはチャラになんかできねぇけど、だからこそ重すぎるぐらいに葵を大事に愛していく。俺の〝死ぬほど大切な女〟だからな」

ま……またくっさいセリフを……と心の中で思う。

「てか、重すぎるぐらいとか、そこまで言わなくていいんだけど」

「あ？　なんだと？」

「もー葵、素直になりな？」

私と蒼真が一触即発《いっしょくそくはつ》になる前に、マキが冷やかしの声を上げる。

「ちぇ～～。その感じだと環ちゃんとはケリついたんだ？　葵が俺に揺れる隙もなかったのは悔しいなぁ」

「ちょっ」

私の頭に腕を乗せながら、拗《す》ねた口調の春斗。

……そうだ、春斗にはちゃんと私の気持ち伝えなきゃ……。

「ってことは、俺らお邪魔じゃんか～。帰ろうよ！」

そう思っていると、春斗が妙に明るい口調でみんなに言う。

「たしかに！　ったく、それなら蒼真を拒否《きょひ》る理由もないじゃん。男に我慢させてんなよ！」

私をビシッと指さしながら、言い放つ雅也。

「おまえら、一言でも俺を心配するヤツはいねーのかよ。何しに来たんだ」

みんなが好き放題言い始め、蒼真がイラッとした口調で言う。

「えっ、ちょっ……、みんなが帰るなら私も……」

帰ろうとするみんなに焦り、私も帰りたい宣言をすると、

「葵、これ俺が何年もの間、チャンスが訪れるのを願って財布に入れてたんだ。おまえにやるから大切に使えよ」

私の肩をポンと叩いて私の手を取ると、何かを握らせた雅也。

ゆっくり手を開くと――。

「ちょ、ちょっと雅也！　何これ！　いらないし！　自分のチャンスの時用に取っ

ておきなよ！」

　握らされたものは、なんとコンドーム。

　驚きと呆れで、慌てて雅也のポケットに入れ返す。

「葵！　明日、みっちり尋問《じんもん》するからね」

　帰り際に言うマキに私は顔面蒼白《そうはく》になりながら、「じゃなー」と帰ろうとする春斗を呼び止める。

「春斗！　待って……このあと話せる？」

　春斗は足を止めると、「うん、いいよ」と言ってくれる。

　蒼真の顔をチラッと見ると、こちらをじっと見ていた。

　私も……ケリをつけなきゃ。

　病院の中庭にあるベンチに移動して、春斗と話す。

「葵の気持ちはさ、俺はとっくにわかってたよ」

「え!?　とっくにって、私自身気づいたのが今日なのに!?」

　春斗の言葉に頭をかかえる。

「葵ほど鈍感じゃないからね〜。……だから、蒼真がつけたキスマークを見た時に思わず嫉妬しちゃって、無理やり傷つけるようなことしてごめん」

春斗……。

シュンと肩を落として謝る春斗を、まっすぐ見つめる。

「……私、お父さんが死んだ時、ああすればよかった……こうすればよかったって、今でも悔しくなる時があるくらい、いろんなことを後悔したんだ。だから春斗には、そんなふうに後悔するようなことはしてほしくない。春斗のことが大好きだから！」

「はぁ〜。ずるいなぁ、そんな言い方。でも、結局俺ってフラれるんでしょ？」

「友達として大好きで大切なんだから仕方ないでしょ！」

そして、私の言葉にガックリ肩を落とす春斗。

「…………」

「私の中でやっぱり蒼真は特別。なんだかんだ私のことを考えてくれていて……ロクでもないヤツだし言い合いばっかりだけど、私を私らしくいさせてくれる蒼真の隣にいたい」

私は立ち上がって無言のままうなだれる春斗の正面に移動すると、その場にしゃがみ込む。

そして、じっと春斗を見上げて、

「だから、私は春斗とは付き合えない」

真剣な口調で、自分の気持ちを伝えた。

「そっか……。でも、いいの？　これまでの蒼真のクズな行い、許しちゃったの？」

「許すはずがないし、そんな虫のいい話があるわけないでしょ。これからだって、私の気が済むまで言い合って、蒼真にはたくさん我慢してもらいます！」

私はすくっと立ち上がると、力強く言い放つ。

「ぶははっ。やっぱいいコンビだね。男としては、ちょっと蒼真が気の毒だけど」

すると、思いきり吹き出す春斗。

「いや、コンビじゃないから！　コンビならマキと組むもん」

「あはは。ほんと葵といると楽しいなぁ、俺が恋しくなったらいつでも乗り換《か》えていいからね♡」

そして、春斗は立ち上がると、私の頭に自分の頭をコツンと当てながら言った。

「そ、そんな蒼真みたいなこと、私はしないもん！　って、春斗このまま帰るの？　なら私も一緒に……っ」

あはは一と笑いながら帰ろうとする春斗に、声をかける。

だって、蒼真と病室にふたりきりなんて無理すぎる。

このまま私も春斗と一緒に帰りたい。

「……あれっスマホがない！　蒼真の病室に落としちゃったのかな⁉」

すると、足を止めた春斗が焦ったような口調で言う。

「えっ」

「俺、今は蒼真の顔を見るの嫌だし、葵、取ってきてくれない？　お願い〜」

「えぇ〜」

……蒼真とふたりきりになるのを避けていたのに……。

「もー。じゃあ、すぐ取ってくるからここで待ってて！」

「うん、ありがとー」

私は、すぐに走り出す。

その直後、春斗がニヤッと笑いながらポケットからスマホを取り出し、

「これぐらいはイタズラしたっていいよね〜」

蒼真にメッセージを送っていることなど知らずに……。

――ガラッ‼

「蒼真、春斗のスマホ、そのへんに落ちてない⁉」

スマホを見ていた蒼真が、ゆっくりと顔を上げる。

「…………」

「ここに落としたかもって。春斗、さっきこのへんにいたよね」

「……帰ったんじゃね？　春斗からふざけたメッセージが来たし」

　そう言って、蒼真が手渡してきたスマホを受け取り画面を見る。

　春斗からメッセージ？

　スマホは、ここに落としたんじゃないの？

「えっ⁉　って見づら！　動いてんのこれ」

　そんな疑問をいだきながらも、バキバキに割れた蒼真のスマホ画面を見て絶句する。

　改めて、事故の衝撃にゾッとしつつ、

「そんなことといいから、早く見ろって」

「う、うん……」

　スマホ画面に目を凝らすと――。

【葵、雅也からゴムもらってたけど、激しすぎたら嫌われちゃうよ……ってか、嫌われろ‼　笑】

「えっ⁉」

　春斗からのメッセージを見て愕然とする。

「ちょ、ちょっと！　フラれたからって蒼真の味方⁉　だ、騙《だま》されたっ～」

　春斗ってば、なんてこと送ってんの！

　わ～っと頭をかかえようとした時だった。

「春斗のこと……フッたのか？」

ハッとして蒼真を見ると、私をじっと見つめる蒼真と目が合う。

――ドキッ。

その瞳が熱っぽくて、思わず胸が高鳴った。

「う、うんっ。と、とにかく私は家に帰るから……」

焦ってパッと蒼真から目を離すと、帰ろうとしてスマホを差し出す。

すると――スマホごと手を引っ張られ、抱き寄せられた。

「あおが足りねぇ……。やっとおまえの心が手に入ったのに、ちょっとは堪能《たんのう》させろよ」

「……っ」

耳元に蒼真の甘い声と息づかいが届き、思わず身体が固まる。

次の瞬間、

「ちょっ……！」

――グイッとベッドに引き上げられた。

「やっ、やだやだ！　おろして～っ！　誰か助けて～～っ」

抱きしめてくる蒼真を必死に押し返す。

「やかましいな。病院だぞ」

「蒼真が言うなっ」

「ちょっと黙れ」

「……っ」

――ちゅっ。

すると、蒼真は私を黙らせるように頬を片手で挟むと、キスをしてきた。

だけど唇をすぐに離すと、私の反応を確かめるように、つーっと下唇を舐め始める。

「んっ……」

私が吐息を漏らすと、くいっと私の唇を指で開かせた。

「あっ……っ……」

瞬《また》く間に全身が熱くなり、抑《おさ》えたいのに漏れ出す声。

な……なんなの……っ。

少しずつ触れ合いを深くしてくる蒼真に困惑する。

そして、蒼真の唇が私の輪郭を確かめるように頬や顎に移動した。

病室に、はぁ、はぁと私たちの息づかいがこだまする。

「大事にするって言ったろ。だから、無理やり奪うなんてことはしねーよ」

蒼真に触れられるのが、嫌じゃないって思っちゃうのが悔しい。

そう思っていると、蒼真が首筋に吸いつくように唇を当てた。

「ふ……ん……」

──ちゅ、ちゅっ……。

私たちの息づかいに、リップ音が混じる。

唇に触れそうで触れない、じらすような意地の悪い触れ方がもどかしい。

なんで？　どうして唇にキスしないの？

早く、早く唇に……。

ボーッとしながらも、ふいにハッとする。

『おまえが俺を求めちまうくらいに大事にしてやるから、もう容赦しねーよ』

いつかのあの言葉は、こういうことだったの？

これじゃあ、蒼真のたくらみどおりになっちゃう！

蒼真を押し返してその口元を塞ぐように手で押さえると、蒼真がくぐもった声を上げた。

「んぐっ！」

「はぁはぁ……わ、私に触れたかったら、さっさと退院できるまでに回復しなさいよっ！　……はぁはぁ」

息も絶え絶えに絞り出すように言うと、慌てて蒼真から離れてベッドからおりた。

そして、じっと私を見る蒼真をキッと睨むと、

「帰ってくるまで見舞いなんか来ないから！」

ビシッと言い放つ。

「うわ……。入院してる彼氏をほったらかしか。なら、秒で回復するから、帰ったら裸エプロンで迎えてくれよ？」

「変態が治るまで、ずっと入院してて下さい！」

ニヤッとしている蒼真を横目に、ピシャッとドアを閉めて病室から出ていった。

「……っ」

唇を押さえながら急いで帰る。

あ、危なかった……。

私……めちゃくちゃ変な気分になってたよね。

どうしよう――。

蒼真が帰ってきたら、家には逃げ場がないっ！

付き合うって何⁉

蒼真が入院してから一週間後――。

授業中にスマホが鳴ったのを思い出して休み時間にスマホを見ると、お母さんからメッセージが入っていた。

【蒼ちゃんの退院手続きが済んで、家に送り届けたから。早く帰って面倒見てあげなさいよ⁉ とりあえず脚が完治するまでは、来栖家にいてもらうからね。さっさと帰ってくるのよ‼ じゃあ仕事に行ってきます‼】

え、なんでうちなの。

本当に逃げ場がなくなっちゃうんだけど。

どうしたらいいの……。

そんなことを思いながら、迎えた放課後。

「ねぇねぇマキちゃん～。このあと、どっかでお茶しない？ そんで今日は、マキちゃんちでお泊まり会とかどぉ～？ 女子会～」

笑顔全開で、くねくねしながらマキに提案する。

「どういう風の吹き回し⁉ なんか気持ち悪いし」

「っ‼ 親友に向かって『気持ち悪い』なんてひどい！」

涙ぐみながら、後ろから思いきりマキに抱きつく。

「うっ、苦しぃ……。私は葵の相手をしてる暇《ひま》はないの！ 今から他校生と合コンなのよっ！」

マキは私を押しのけると、息を整えながら言う。

また合コン⁉

「てか蒼真くん退院したんでしょ？ さっさと帰ってあげなよ、入院中もほったらかしだったんだし」

お母さんと同じことを言うマキにムッとして、

「……だから帰りたくないんだよ！」

再び抱きつく。

「はぁ？」

だって、だって――。

『大事にするって言ったろ。だから、無理やり奪うなんてことはしねーよ。おまえが〝もっと〟って求めてくるまで、じっくり愛してやる』

蒼真は、私が我慢できずに身体を捧《ささ》げちゃうようになることを企んでいる。

簡単に私のすべてはあげないって宣言したばかりなのに、またあんなふうに触れられたら……。

「もしかして、蒼真くんとイチャイチャするのを避けてんの？」

「うっ……」

マキの言葉に絶句する。

イチャイチャって……。

マキを見ると、思わせぶりにニヤニヤしている。

「や、やめてよ、その言い方!!」

「付き合ったんでしょー？　ならいいじゃない。なんで避けんの」

「えっ、付き合うってそういうことなの？　イチャイチャしないといけないの？　そもそも付き合うって何!?」

頭をかかえて青くなりながらマキに尋ねると、マキが「まーた訳わかんないこと言い出したよ～」と大きなため息をつく。

「簡単に言えば、好きな相手と想いが通じ合って、お互いをより一層大事にしながら一緒にいるってことが恋人ってものでしょ」

私の頭を、ポンポンしながら言うマキ。

「は、はい……」

「その中で触れたりキスしたりするのは、しなきゃいけないことじゃなくて、相手のことが愛しくて自然としたくなっちゃうものだよ」

「そ……そうなんだ」

そう言ったマキは、優しげな笑顔を浮かべていた。

『触れたりキスしたりするのは、しなきゃいけないことじゃなくて、相手のことが愛しくて自然としたくなっちゃうものだよ』

名言とも言える言葉に妙に納得してしまったけど、合コンに行きまくっている経験談なのかな？

でも、マキは彼氏いないけど。

うーん……と腕を組んで考える。

私は……蒼真が事故って蒼真のことが大切で、隣にいたい存在なのだとわかり、それが蒼真を好きってことなんだと気づいた。

とはいえ、蒼真が相手だと生まれた時から一緒にいるし、マキの言う〝恋人感覚〟がいまいちわからない。

「そんなこと考えている間に、家に帰ってきちゃったじゃん‼　いつマキと別れたっけ⁉」
いつの間にか家の前にいて、自分の家の前で頭をかかえる。
こんな時に春斗がいれば……と思うけど、春斗を都合よく呼ぶわけにはいかない。
今日は『雅也と琉生と遊びいってくる』と言って、さっさと帰っちゃったし。
ケモノの餌食《えじき》になる前に、さっさと夕飯を作って部屋に引き籠《こ》もるしかない。
ガチャッと自分の家のドアを開けて家に入る。
――シーン。
妙に静まり返った我が家に違和感《いわかん》を覚える。
もしかして寝てるのかな、と思いリビングに行くけど、誰もいない。
まさか……！
そーっと自分の部屋に向かいドアを開ける。
――すかーすかーっ。
そこには、気持ちよさそうに寝ている蒼真がいた。
「……なんだよ」
私があれこれ悩《なや》んでいるのに、人のベッドで気持ちよさそうに寝ているとは。
ついイラッとしつつも、蒼真の無防備な寝顔を見ていたら……。
「性格も口も手癖《てぐせ》も悪いくせに、顔だけはにきれいに整っちゃって憎たらしい‼」

思わず、ひとりごとが漏れた。

リュックをおろしてベッドサイドに座ると、寝ている蒼真の頬をツンツン突く。

そして、蒼真の首筋を指でなぞる。

以前は、この首筋にはキスマークがついていて、そんな蒼真のお世話係をすることに理不尽《りふじん》さを感じ、腹を立てていた。

もし今、そしてこの先……他の子のキスマークがついているなんてことがあったら——。

「許さない……」

思わず、蒼真の首にプスッと指を突き刺す。

——グイッ!!

「きゃっ!?」

すると、いきなり蒼真に頭を引き寄せられて驚きの声が漏れる。

「指で触れるより唇で触れてくれよ」

そう言って、さらに私を引っ張り上げる蒼真。

今、私の上半身は蒼真に覆いかぶさっている状態で……。

「なっ……おっ、起きてたの!?」

突然のことに、私の心臓がドキッと跳ねる。

「あんなにツンツンされてたら目も覚めるだろ」

「う……は、離してよ!!」

「嫌だね。ってか、帰ってくんの遅すぎ。学校はとっくに終わってんだろ」

そう言って、さらにぎゅっと抱きしめる力を強める蒼真。

「だっだって、蒼真とふたりになったら何されるかって思ったら……」

——ハッ!!

こんなこと言ったら、『期待してんのか?』と調子に乗らせてしまう。

そう思いながら焦り始めると——。

パッと蒼真の手が離される。

そして、蒼真がゆっくりと上体を起こした。

「腹減った」

何事もなかったように言って、ベッドから足をおろす。

「へ?」

予想外の展開に、拍子抜《ひょうしぬ》けする私。

あれ? どうしたの?

まだ、万全じゃないから?

いつもの蒼真らしくない。

頭上にハテナマークを浮かべる私をよそに、蒼真は松葉杖を手に取ると、

「しばらく病院食だったから、今日は俺の好物作ってくれよ」

器用に扱いながら部屋を出ていった。

「……う……うん……」

思ってもみない展開に、いまだぽかんとしている私だった。


夕飯を作り終え、蒼真と向かい合って食べ始める。

「んー。相変わらず料理の腕だけはいいな」

大口を開けて夕飯を頬張る蒼真。

「相変わらず一言余計だよ！」

そう言いながら、テーブルの下で蒼真の脚をコツンと脚で突く。

「骨折してるんだぞ」

「ふーんだ！」

そう言ってぷいっと顔を背けるけど、

「…………」

蒼真は何も言わずに黙々《もくもく》と食事を再開する。

ん……？

いつもなら、『可愛げがねぇ』とか『あとで見てろよ』とか……あーだこーだ言ってくるのに、なんかペースが狂《くる》うな。

結局、沈黙のまま食事を終えた。

そして、夕飯後の片づけを終えると、

「あお、風呂入るの手伝えよ」

「はっ⁉ お風呂ぐらい自分で……っ」

ソファに座っていた蒼真の言葉にギョッとする。

だってお風呂ってことは服を脱ぐわけで……。

「ギプス濡らせねーだろ、先に風呂場《ふろば》行っとくぞ」

混乱している私をよそに、蒼真はリビングを出ていった。


水を張っていないバスタブに入り、その縁《へり》に頭を乗せた蒼真の髪を洗い、シャワーで流す。

「………」

その間も、蒼真が口を開くことはなく。

風呂から上がり、髪を乾かし終えてリビングで寛《くつろ》いでいる蒼真は、スマホを弄ったままだんまり。

私がお風呂から出ても、何も話さない。

……ん？

久々に退院して話すこともあるんじゃないの？

学校のことも聞きたいんじゃないの？

──そしていつの間にか、気づけば私の部屋で、すうっと私の隣で眠る蒼真。

「…………」

……あれ？

一言も話さないのもおかしいし、警戒《けいかい》していたことが起こらず違和感に襲われる。

違和感というよりも、恐怖に近い。

だって、〝あの〟蒼真だよ⁉

「ど、どういうこと──っ‼」

蒼真の異変に耐えられず、布団から飛び起きて絶叫する。

「……たく、寝る時まで黙ってられねーのか」

「だって、蒼真が私の横で大人しーく寝てるなんて！　一緒に風呂場にいて大人しく髪を洗われているだけなんて‼　気持ち悪いでしょっ⁉」

「……彼氏に向かって気持ち悪いって、なんだよ」

ムッとした口調の蒼真。

「『容赦しねー』とか、調子に乗ったこと言ってたくせにっ」

一緒に食事をしたり横並びで寝たり……子どものころと変わらない距離感に、付き合うとか恋人になるとか、ますますわからなくなってきたんですけど。

「……なんだよ」

「ちょっ……」

――ドサッ。

突然、ベッドに押し倒されて心臓がバクバクと音を立てる。

「じゃあ、容赦なく触ってほしいのか？　おまえはそれを避けてたんじゃねーのかよ」

私に覆いかぶさりながら、ムッとした口調の蒼真。

「え……、な……なんで怒ってんの」

「……怒ってねぇ、俺は……おまえの心が手に入ったんだから、おまえとキスしたいし触れたいし、おまえが全部欲しい。でも、大事にしたいって言葉に嘘はないし、無理強いしたいわけじゃないんだよ」

「……っ」

「……だから、俺を避けんのはやめろ」

すると、蒼真が私の耳元に口を寄せて切なそうに言う。

え、何……じゃあ――。

私が蒼真とふたりきりになるのを避けたくて、わざと学校から遅く帰ってきたことを気にしてたってこと？

たしかに、そのあとから蒼真の様子がおかしくなった。

「もしかして、さっきのこと気にしてたの……？」

「………」

ボソッと尋ねるけど、蒼真は無言のまま。

これまで何人もの女の子を抱いてきた蒼真が、私がちょっと警戒して避けたぐらいで、こんなにショックを受けるなんて。

「あははは！」

そう思ったら、思わず笑ってしまった。

「……なんだよ」

笑い出した私を、ジロッと睨む蒼真。

「あはは。なんだかんだ言って、蒼真って私のことで悩んでばかりなんだなーって！　この彼氏、重いわ〜！」

「なんだと⁉　……襲うぞ」

「え？　大事にするんでしょーが！」

ちょっと恥ずかしそうにしている蒼真に向かって、煽るように言う。

――『お互いをより一層大事にしながら一緒にいるってことが恋人ってものでしょ』

――『その中で触れたりキスしたりするのは、しなきゃいけないことじゃなくて、相手のことが愛しくて自然としたくなっちゃうものだよ』

今日の帰りがけにマキが言っていた言葉が、ストンと胸に落ちてきた。

まだ全部じゃないけど、少し理解できた気がする。

付き合うって……恋人になるって、どういうことか。

まだムッとしながらも照れている蒼真を、ぎゅっと抱きしめる。

――ちゅっ。

そして、自分からキスをする。

きっと私が蒼真に好きだって言った時から、私たちは幼なじみから恋人になったんだ。

蒼真と一緒にいることは今までと変わらないけど……今までとは気持ちが違う。

唇を離すと、目の前にある蒼真がすぐに口を開いて、

「……もっかい」

キスをねだってきた。

再び自分からキスをしながら思う。

結局、蒼真のたくらみどおりになってるよね。

でも、蒼真とこうしていることに幸せ感が増しちゃっているのは、私の乙女心が成長したってことなのかな？

するとくいっと私の脚を持ち上げ、

――ちゅ……。

太ももにキスを落とす蒼真。

「……えっ⁉」

身体をビクッとさせて蒼真を見ると、その顔はいつもどおりのケモノで……。

「キスはＯＫってことなんだな？」

不敵な笑みを浮かべている。

「ちょっ、どこにキスして……っ」

「え、あおの太もも」

「やっ、変態……っ離して～‼」

「嫌だ」

その後、ベッドの上でバタバタと攻防を繰り広げる私たち。

今はこんな状態だけど、いつか、蒼真と身体も結ばれたいなんて思っちゃう日も来てしまうのかな……。

果たし状、そして甘い放課後

「蒼真くん⁉」

「えっ」

「嘘……っ」

松葉杖が取れた蒼真が登校してきて、女子たちがざわつき始めた。

なかには安心したのか、涙目になっている子もいる。

「事故ったって聞いたけど大丈夫なの⁉」

「あぁ、なんとかな」

そして、群がる女子たちに答える蒼真。

「よかったぁ～」

「はぁ……。なんか久しぶりに蒼真くんの顔を見たらドキドキしちゃう」

「ね♡　やっぱかっこいぃ～」

「ねぇ久しぶりに相手してくれる？」

「悪ぃけど、もうそういうことしねぇんだ。本命の彼女いるから」

蒼真が女子たちに告げると、

「え……、は……？」

カチンッとショックで固まる女子たち。

「だっ、誰──っ⁉」

そして、下駄箱《げたばこ》には女子たちの叫び声が響き渡った。

そんな騒動《そうどう》が起こっているとは知らず、

「おいしすぎる～！」

廊下でマキからもらったおはぎを貪《むさぼ》る私。

なんと、マキのおばあちゃんのお手製。

「ぶはっ。色気ねー食い方だな！」

私の頭を撫でながら雅也が笑う。

その横では、

「俺にもくれよ」

おはぎを要求する琉生。

「ずるい、私も～」

「琉生、さっきバカデカいホットドッグ食ってたじゃん」

そんな琉生に、驚いて目を見開く春斗。

「はぁ〜しあわせ〜」

おはぎを食べ終え、幸せに浸《ひた》っていると。

「あっおはよー環ちゃん！」

どこからか男子が宇津木さんに声をかける。

ハッとして声がしたほうに目を向けると、声をかけたと思われる男子と話し始めた宇津木さん。

「あっ宇津木さん……！」

私は、宇津木さんに声をかけた。

会うのは病院以来だよね……。ケガで少し休んでいたみたいだし。

「あ、来栖さん、おは……」

「宇津木さん！」

宇津木さんの私への挨拶を遮ったのは、別のクラスの女子三人。

「えっ⁉」

びっくりして私と宇津木さんが目を見開くと、彼女に食ってかかる女子たち。

「蒼真くんとヨリ戻したの⁉」

「蒼真くんが本命の彼女いるって本当⁉　ううっ」

「相手が宇津木さんなら諦めるしかないけど、誰なのかはっきりしたくて！」

すると、マキがこそっと私の隣に来て、

「葵……逃げたほうがいいんじゃない？」

私の耳元で囁く。

「え？」

私が首をかしげる間も、女子たちは「ねぇどーなの⁉」と宇津木さんに詰め寄っている。

「……私じゃないです。蒼真くんには、とってもお似合いな彼女がいるの。だからキッパリ諦められたんだもの」

「……⁉」

言葉を失う女子たちをよそに、「ね！」と私を見て笑顔を見せる宇津木さん。

「んん？」

状況が理解できない私は、ぱちくりと目を瞬かせた。

すると突然、背後からガシッと肩を抱かれ、

「あお、おまえ好物食ってるといっつも口のまわりについてんだよ、だらしねーな」

私の口のまわりについたおはぎを、指でつまむのは——蒼真。

「ちょっ。いちいちくっつかないでよ！　暑苦しい！」

「あ？　今さら何を恥ずかしがってんだよ」

「だ、だから、場所を考えてよ！」

「ったくおまえら、付き合ったからってオープンにしすぎだろ！　そーいや俺があげたゴム、さっそく使ったか？」

ニヤーッとしながら、大声を上げる雅也。

「ちょっ！　声大きすぎ！　あんなの入れ返されたあと捨てたわ」

雅也と私のやりとりを見て、なぜか顔面蒼白の女子たち。

さらには、

「は……？　ありえないでしょ……。だってこんな色気のカケラもない、ちんちくりんが……まさか蒼真くんの？」

「しかも、口のまわりに食べカスをつけてるような子だよ……？」

「そ、そんなこと認められるか——っ！」

次々と私をディスった挙句、激怒しながら走り去っていった。

「な……なんだったんだ」

突然のことに呆気にとられる。

「え、もしかして俺、やばいこと言っちゃった？」

慌て始める雅也に〝それもそうなんだけど〟と思いながら、冷静になる。

なんか私、すごくひどいことを言われたような気がするんだけど……。

「ど、どういうこと？　私なんかした⁉　しかも、ちんちくりんってひどくない⁉」

悔しがる私を「まぁまぁ」と慰《なぐさ》めつつ、「やっぱりね……」と意味深な顔で頷《うなず》くマキ。

「………」

蒼真を見ると、無言のまま何かを考えているようで少し難しい顔をしていた。


――迎えた放課後の教室。

「あお帰んぞ」

そう言って、私を迎えに来た蒼真。

「えぇっ無理だよ、マキんちに残りのおはぎを食べに行くんだから！」

帰りの用意をしながら言う。

「えっそうなの？　聞いてないけど」

私の言葉に驚いて目を瞬かせるマキ。

「マキさん、そこをなんとか」

そんなマキに、手を合わせてお願いする。

だって、すっごくおいしいおはぎだった。

「いいから俺のそばから離れんな」

ところが、マキと私の間に入り込み、私をグイッと引き寄せる蒼真。

「だから近いってば……」

そう言って蒼真を押し返そうとした時だった。

「葵～、なんかこれ渡してくれって言われたんだけど～」

クラスメイトの女子が私に駆け寄り、一通の封筒《ふうとう》を手渡してきた。

「え、なんだろ。ありがとう」

お礼を言って受け取る。

どうやら手紙っぽい。

ラブレターだったりして～とウキウキしながら、封筒から手紙を取り出す。

両脇でマキと蒼真が見ている中、手紙を開くと――。

蒼真くんのちんちくりん幼なじみよ、白黒はっきりつけようじゃないか。

放課後に屋上へ来い。

「な、何これ。は……果たし状？」

「今朝の子たちだろうね。まぁ、宇津木さんみたいな美女ならまだしも、葵が蒼真くんの彼女なのは気に入らないんだろうね。うんうん」

差出人もわかってるし、なんとなく納得し始めるマキ。

「え、マキってば納得しちゃうの？　てゆーか、なんで私が疎《うと》まれなきゃならないの。来る者拒まずだった蒼真のせいなのに……」

半泣きになりながら、蒼真のネクタイをグイッと引っ張る。

「だから俺のそばから離れんなっつってんだろーが」

「えっ……」

それで迎えに来たの？

「そんなのシカトしときなシカト！　行ってもいいことないよ。帰ろっ」

「う、うん……」

マキの言葉に頷きながら、改めて果たし状を見る。

また蒼真のせいで面倒事に巻き込まれるなんて……。

そんなの本当にごめんなんだけど。

でも——蒼真の隣にいることを決めたのは私だ。

「先に帰っててマキ！」

「えっ葵……!?」

驚くマキにそう言うと、私は教室を出て屋上へと向かった。

きっと、宇津木さんの時のように逃げたらダメだと思いながら。

「ったく……」

私を追いかけようと、教室を出ようとしたマキを蒼真が引き留める。

「行かなくていい」

「はぁ……⁉　なんで？　蒼真くん、葵を大事にするんでしょ⁉　なに呑気に座ってんのよ！」

冷静な蒼真にムッとするマキ。

「行く必要ねぇから」

「……性格までクズなの？　全部蒼真くんのせいでしょーが」

「おまえこそ、あおが俺の助けを求めるような、か弱い女だと思ってんのか？」

蒼真とマキが、そんなやりとりをしているとは知らず、私は屋上を目指していた。

──そして、一時間後。

「あっマキ、ただいま～！　待っててくれたの⁉」

「葵！　大丈夫？」

「いや～ちょっと盛り上がっちゃって遅くなっちゃった！　え？　もしかして、みんなで待っててくれたの⁉」

マキの背後には、蒼真だけじゃなく雅也と琉生と春斗まで勢揃《せいぞろ》い。

「葵⁉」

みんなが私を見て、目を点にする。

「ちょっ葵……⁉　おまえ、葵か⁉」

「ケンカしに行ったんじゃねーの？」

「なんかめっちゃ可愛くなってる！」

雅也、琉生、春斗が次々と声を上げる。

「ああこれ、ともちんがやってくれてさー、だから遅くなっちった！」

「ともちん？　ちょっと、どーいうこと⁉」

状況が理解できていないのか、マキが慌て出す。

「まぁ……最初は険悪だったんだけどね――」

私は、みんなに屋上での出来事を話し始めた。

屋上に行くと、今朝の三人の女子が待っていた。

『なんの用ですか？』

私は三人を見据えて、口を開く。

『あんたみたいな子が蒼真くんの彼女だなんて、似合わないし認めない。でも付き合ってるって言い張るなら別れて』

『私らは、ずっと蒼真くんの彼女になれないままなんだから！』

そう言って、ギャーギャー騒ぎ立てるふたりの女子たち。

『そんなの、蒼真に直接言ってよ。それで蒼真があんたたちを選ぶなら私は文句は言わな……』

私が言い終える前に、リーダー格と思われる女子にグイッとネクタイを掴まれた。

『身体まで使って蒼真くんを繫《つな》ぎ止めてたっていうのに、あんたみたいな子に彼女の座を奪われて納得できるか……っ』

そして、ネクタイを引っ張られて彼女の拳が飛んできた瞬間、さっとよける。

——ゴッ‼

『いっ⁉　いったたぁぁ〜〜！』

すると、女の子は私の背中にあった壁を殴ってしまい、痛そうに手を押さえながら大声を上げた。

『朋美《ともみ》！』

朋美と呼ばれた子に、ふたりの女子が駆け寄る。

『蒼真の取り合いなんて気持ち悪いから勘弁してよ。ほら、手を貸して！』

そう言いながら、ケガした朋美の指に、たまたま持っていた絆創膏を貼りつける。

『私をシメたところで解決するの？　元はといえば女の子にだらしなかったクズな蒼真が全部悪いんだけどさ、そんな蒼真のいいところも悪いところもひっくるめて、私にも好きって気持ちがあるの』

「……っ」

『それは、殴られて変わるような軽い気持ちじゃないから、その大切な感情のために蒼真とケンカなんかしたくない。みんなも蒼真を好きならそう思わない？』

そう言い終えて絆創膏を貼った朋美の手をぎゅっと握ると、

「「う……っ」」

泣きそうになりながら、納得する朋美たちだった。

「それから、『蒼真くんの彼女なら、もっと身なりに気をつかって色気も出せ』って、髪を弄られたりメイクされちゃって～」

そう私が笑顔で報告を終えると、

「ぶはっ。まさか仲良くなっちゃうなんて、さすが葵！」

「んだよ、心配させやがって！」

「元はといえば雅也がバラしたんじゃん」

「はぁ。なんだ別に待ってなくてよかったなー、帰ろ帰ろ」

雅也、春斗、マキ、琉生が帰り支度を始める。

「ちょっ。なんでガッカリされてんの⁉」

状況が理解できず、みんなの反応に納得がいかない私。

ただひとり冷静だったのは、

「だからそんな必要ねぇって最初から言ってんだろ」

そう言った蒼真だけだった。

「んん？」

蒼真の言葉の意味もわからず首をかしげていると、

「蒼真くん……性格までクズなんて言ってごめん！　誰よりも葵のことをわかってて、さすがだわ！」

蒼真に謝り出すマキ。

「え、なんの話？」

「なんでもないわよ。じゃね！」

そう言って、雅也たちと一緒に教室を出ていくマキ。

「ちょっと待って、私らも帰るし！　って、なっ何……っ」

みんなと一緒に帰ろうとリュックに手を伸ばすと、後ろからぎゅっと蒼真に抱き寄せられた。

「ちょっ！　だっ、だから場所を考えてよ」

――ちゅっ。

そして、唇にキスされる。

「無理。我慢できねぇ」

そう言って、抱きしめる力を強める蒼真。

「キッ、キスなんかいらないから、蒼真の悪行の後処理してやったご褒美《ほうび》を寄越しなさいよ。は、離して～～っ、んむ……っ」

騒ぎ出す私を黙らせようと再びキスが落とされ、今度は唇に舌を入れられそうになる。

「ん……はっ……」

「普通のか弱い女なら、あの女子軍団の圧に怯えてただろうな」

「……は？　そんなか弱き乙女になれってこと？」

「いや？　そんな女なら怯えて別れるとか言い出しかねないから、おまえが負けん気の強い女でよかったなって話」

蒼真は私の髪をクルクルッと指で弄りながら、楽しげに言う。

「それ……褒《ほ》めてんの？　他人に言われて別れるくらいなら、そもそも蒼真みたいなクズ男と付き合ってないし」

キッパリ言いきった私に、蒼真は「ぶははっ」と笑い出す。

「髪、可愛いな」

愛しそうに私の頭を撫でると、今度は額にちゅっとキスして、再びぎゅっと抱きしめる力を強めた蒼真。

「……っ」

——ドキ。

優しい声音《こわね》とキスに鼓動が速まる。

なんなの……なんか、やけに甘えてくるな……。

私が負けん気の強い女でうれしいのかな？

そう思っていると私の首筋を舐めてきて、ビクッと身体が反応してしまう。

「ちょっ、蒼真……っ」

ちゅ、ちゅうっと、キスを仕掛《しか》け続けてくる蒼真。

——ガタンッ。

どんどん迫ってくる蒼真に押されて、机の上に座らされてしまった。

「さっきご褒美くれって言っただろ。俺も今、おまえのことすげー愛してぇ」

その甘すぎる言葉に、私は全身がカッと熱くなるのを感じた。

「んっ……んん〜〜〜っ」

教室で蒼真にキスをされ、だんだんと頭がボーッとしてくる。

「は……っ、やっ」

そして、むにっっと、蒼真が私の太ももを触った瞬間——。

「やーっと委員会終わった〜」

「ちゃっちゃと帰ろー」

廊下を歩く生徒の声が聞こえた。

「ちょっ！　どいてっ！　人いるってばっ」

蒼真を正気にさせようと、小声で訴えながら脚をバタつかせる。

「無理、おまえのその負けん気の強い性格が、俺にとっちゃ最高の女すぎて、今まで以上におまえのことが好きで好きで、愛しくてたまんねぇんだよ」

そう熱っぽく言うと、ぎゅうっと抱きしめてくる蒼真。

「〜〜っ」

そんなこと言われたら、何も言えなくなる。

付き合ってから、より大事に想ってくれているからか、最近の蒼真はこっちが恥ずかしくなるくらいにストレートな言葉をぶつけてくる。

「あお……」

甘い声に引き寄せられるように、蒼真と視線を合わせると、

「んっ」

再び唇にキスが落とされた。

蒼真の気持ちがちゃんと伝わってくるから、今はちょっとだけ……蒼真の愛に流されてもいいかな……。

そう思いながら、ぎゅっと蒼真の服を掴むと、廊下から「それでさー」という生徒の声が遠ざかっていくのを感じた。

ところが――。

「あお、帰んぞ」

キスを早々に終えた蒼真は荷物を持つと、グイッと私の手を引いて帰り始める。

「えっ」

急な展開に焦りながらも、蒼真に引きずられるようにして学校を出たのだった。

「んんっ……。は……っ」

蒼真の部屋に連れていかれ、なぜかベッドに押し倒されている私。

――ギシ……。

ベッドの軋《きし》む音のあと、「ちゅっ」とキスが落とされる。

え、ちょっと待って……。

そう言いたいのに、キスのせいで声が出せない。

ふいにスッと太ももを触られ身体がビクッとなるけれど、すぐに制服のネクタイが解《ほど》かれ、一瞬にしてブラウスのボタンを開けられた。

「んんっ……っ。やっ……」

キャミソールとブラが露《あら》わになり、胸元や首筋に、吸いつくようなキスをされて思わず声が出る。

今はちょっとだけ流されても……と思ったことが、たぶんそれが蒼真にも伝わっちゃってるんだと思う。

で、でもこれって、このままだと――。

やっと蒼真の唇が離されパッと目を開く。

すると、「はぁ……」っと息を荒げながら自分の制服のネクタイをシュルッと外し、

「暑ぃ……」と言って、シャツを脱ぎ始める蒼真が私を見おろしていた。

色気ダダ漏れの蒼真にドキドキして、言葉を失いかける。

だけどすぐに我に返ってガバッと起き上がると、

「む、無理！」

思いきり蒼真の胸を押した。

「は⁉」

私の思いがけない反応に呆然としつつも、

「……雰囲気ぶちこわすなよ。いつもいつも」

そうなだめるように言って、私の肩に手を置く蒼真。

「……っ」

その瞬間、全身が熱くなって泣きたい気持ちになった。

そんなこと言われても……無理なものは無理なの。

自分でも、その理由はわからない。

恥ずかしさで言葉を発することもできず、蒼真の顔も見られなかった。

私はベッドからおりて、はだけたシャツをパッと整えると、

「今日の夕飯は出前でも食べてて！」

蒼真に向かってそう叫ぶと、

「は？」

呆気にとられる蒼真を無視して、ダッシュで蒼真の家から逃げ出した。

──次の日の学校。

「で？　それでまた蒼真くんを避けちゃったんだ？　学校に来た時にすれ違ったか

ら声かけたけど、めっちゃくちゃ機嫌が悪そうだったよ」

私からの報告に、マキは思わず困り顔。

「べつに避けてはない！　一緒に登校してきたし！　春斗もいたけど」

野《の》井《い》込《こみ》大《だい》のオープンキャンパスの申込書に、名前を書きながら訴える。

「じゃあなんで逃げちゃったのよ？」

「だっ、だってあのままじゃ、しちゃう流れだったし……」

「何か問題でも？」

ずいっと私のほうに乗り出してくるマキ。

「え……」

「だって、付き合うことになって、蒼真くんの気持ちも受け止めてるんでしょ？」

「……っ」

「そりゃあ、蒼真くんに過去の反省は必要だとは思うけどさ、結局は、どうなれば葵はOKなの？」

「ど……どうなれば？」

「葵の中で、蒼真くんとのエッチを拒む一番の理由ってなんなのよ？」

「………」

マキの問いかけに、私は答えられずにいた。

それから、すべての授業が終わって放課後の職員室。

私は、オープンキャンパスの申し込み用紙を提出しに来ていた。

「う～ん野井込大かぁ。来栖の成績だともうちょい頑張ったほうがいいと思うけど、夏休みにオープンキャンパス行ってヤル気を出すのもいいんじゃないか。ここは入学金免除《めんじょ》制度もあるしな」

担任の言葉に、がっくりと肩を落とす。

「はぁ、やっぱり勉強しないとかぁ……。はぁ～い」

「がんばれよーっ」

先生からの励ましの声を受けながら、「失礼しました」と言って力なく職員室を出た私。

はぁ……。心の中で、大きなため息をつく。

最近、蒼真のことばっかりで、まったく勉強してなかったもんね……。

このままじゃダメだよね。

バシッと自分の額を叩いて、気合を入れる。

「うわっ！」

すると、何かが顔に押しつけられて、思わず大きな声を上げてしまった。

よく見るとそれは私のリュックで、持っていたのは蒼真だった。

「ん」と言って、蒼真が私にリュックを差し出してくる。

「えっ、待っててくれたの？」

「あぁ」

なんとなく……気まずいな。そう思って戸惑っていると、

「おはぎでも買って帰るか？」

いつもと変わらない様子の蒼真に少しホッとしつつ、心の中がじんわりと温かくなった。

「ほぇ～しあわせ～。あま～～～い♡　あっ、おはぎに釣《つ》られて一緒に帰ったんじゃないからね」

おはぎを口いっぱい頬ばりながら、蒼真に言う。

「釣られてんじゃねーか」

隣駅にある和菓子屋さんでおはぎを買い、駅に向かって食べながら歩いている私たち。

食べているのは、私だけだけど。

「このおはぎ、めっちゃオシャレ！　お店も可愛いし。こんなおはぎがこの世に

存在していたなんて知らなかった！　私としたことが」

箱に入った、お花の形のおはぎをワクワクしながら見つめる。

「休み時間にネットで調べたら隣駅だった」

自分は食べないのに——わざわざ調べてくれたんだ。

もしや、昨日のお詫《わ》びのつもりかな？

すると、蒼真が私に向かって手を差し出してきた。

「え……？　食べんの⁉　蒼真のオゴリだからいいけど」

甘いもの嫌いな蒼真なのに、おはぎを食べたいのかな？と不思議に思っていると、

「そんな甘ったるいもんいらねー。……手、繋ぐか……？」

もしかして……私の反応をうかがってるの？

——『俺を避けんのはやめろ』

ふと、蒼真が骨折したときに言われた言葉が、心に浮かんだ。

いつも強引で俺様なくせに、こういう時だけらしくないんだから……。

バツの悪そうな顔で私に手を差し出す蒼真を見つめながら、以前マキに言われた言葉を思い出す。

——『葵の中で、蒼真くんとのエッチを拒む一番の理由ってなんなのよ？』

それは、付き合ったとはいえ過去のクズな行いを反省させたくて、

心も身体もすべて欲しいと言って迫ってくる蒼真に向かって、

――『簡単に私のすべてはあげない！　せいぜい飢えればいい！　それが蒼真への罰だ！』

そう言って、私に本気なら我慢してみろって思った。

――『結局は、どうなれば葵はＯＫなの？』

そうマキに言われたように、結局は、罰を与えるのも許すのも、今の蒼真と向き合っている私次第なわけで……。

差し出された蒼真の手を見つめながら、ためらいがちにキュッと指先を握ると、愛おしそうに強く握り返してくれた。

繋がれたてのひらから蒼真の温かさが伝わってきて、心の中のモヤモヤが徐々に晴れていく。

――ちゅっ。

「今日は、あおの夕飯食いてぇ」

繋いだ手にそっと口づけながら言う蒼真に、こくんと頷く。

蒼真から私への愛情はもう十分すぎるほどわかっている。

……なら、これ以上、蒼真を拒み続ける理由はなんだろう……。

第四章

ボディガード!?

「このままベッド行くか？」

無言のままの私の手をグイッと引いて言われ、ハッと我に返る。

「えっ、あれっ家⁉　いつの間に⁉」

物思いにふけっていたら、いつの間にか家についていた。

ふと温かいので手元を見ると、蒼真と手を繋いだまま。

「いっ、いつまで手ぇ繋いでるのっ‼　ベッドにも行きません」

正気になって恥ずかしくなり、蒼真の手を離す。

「おー、やっとらしくなったか。帰り道、ずっと上の空だったぞ」

ニヤニヤしながら蒼真に指摘され、

「⁉」

あわあわと焦り出す私。

――『葵の中で、蒼真くんとのエッチを拒む一番の理由ってなんなのよ？』

マキが変なこと聞いてくるから、帰り道でそのことばっかり考えちゃってたよ。

そんな自分が嫌だし、恥ずかしくて一気に顔が熱くなる。

羞恥で赤くなった顔を見られたくなくて、

「かっ帰る！　自分の家に！」

慌てて自宅に帰ろうと、ガチャッとドアノブに手をかけてドアを開ける。

「俺のこと考えてた？　俺に抱かれる気にでもなったか？」

すると蒼真が、後ろからハグする体勢でドアノブにかけた私の手に自分の手を重ねると、耳元で囁くように言った。

ハッとして思わず蒼真の顔を見ちゃったけれど、

「は……!?　そん……っ。あ……う……っ」

恥ずかしさで全身まで熱くなり、言葉に詰まる。

「…………」

蒼真は私の顔を見て、驚いているのか無言のまま目を見開いた。

私、そんなにヘンな顔してる？

「そ、そんな気になるわけないでしょ！　私の心を手に入れたからって浮かれないでよね」

焦っていつもの調子で言い返すと、蒼真がグイッと私の手を引き寄せて身体が反転させられる。

——パタン。

背後でドアが閉まると同時に、お互いの唇が重なった。

焦りと恥ずかしさで抵抗しようとするけれど、

「ちょっ……っ」

「そんな可愛い反応されたら、今すぐにでも抱きたくなっちまうだろうが……」

そう言って、ぎゅっと強く抱きしめられる。

次の瞬間、身体がふわっと宙に浮いた。

「きゃあっ⁉」

いつの間にかお姫様抱っこされ、驚きの声が漏れる。

すると、蒼真は私の髪に頬ずりをしてきた。

「俺はいつまでも待つつもりだけど、おまえはどうしたい？」

抱き上げられたまま蒼真に尋ねられ、

「……っ、わっ……私に聞かないでよ……」

どう答えたらいいのかわからず、誤魔化すように答える。

ここで許しちゃったら……蒼真に抱かれてしまったら……私は完全に負けだよね。

付き合った時点で蒼真のほうが優位なのかもしれないけど、クズだった蒼真にはやっぱり負けを認めたくない。

なのに、中途半端《ちゅうとはんぱ》に許しちゃっている状態で……。

エッチを拒む一番の理由って――もしかして、ただの私の意地？

「あお……」

私があれこれぐるぐる考えていると、ちゅっと唇にキスをしてくる蒼真。

そして、ふと唇が離れた瞬間――。

――プルルルルー。

急に鳴ったスマホに驚きつつ、無言で蒼真と見つめ合う。

「…………」

タイミングの悪さに怒り気味の蒼真を無視して、

――プルルルル、プルルルル、プルルルル～。

いまだ鳴り続けるスマホ。

「で……出なよ、蒼真でしょ」

そう私が促すと、

「チッ、誰だよ。あと一歩ってところを……」

抱きかかえていた私をおろして、蒼真がポケットからスマホを取り出した。

「……え？　母さん⁉　なんだよ……」

電話に出て、うんざり気味に話す蒼真。

「えっ、おばさん⁉」

蒼真のお母さんからだと知って、驚きながらもうれしくて声が漏れた。

《あらっ？　もしかして、あおちゃんも一緒なの？　久しぶり〜。蒼真！　あおちゃんのお母さんから聞いたけど、学校に復帰したんだって⁉　事故った時もなかなか連絡くれないし！　どうしてちゃんと報告しないの！　もうっ》

「あーわりぃわりぃ。ちょっと忙しかったんだよ」

《いつもそれじゃない！》

蒼真が事故った時、うちのお母さんが蒼真の両親に連絡して、ふたりはすぐに帰国しようとしたみたいだけど、お母さんはテレビ電話で済ませたらしい。

蒼真のお父さんは外交官で、お母さんはそのサポートをしてるみたいだから、蒼真なりに忙しいふたりを気づかったのかもしれない。

「いや、だから別に帰ってこなくていいって、ふたりもそんな時間ねーだろ？」

《お母さんだけならなんとかなるって言ってるでしょ！　今回こそは帰国して様子を見に――》

「ったく……わかった、なら来週から夏休み入るし、俺がそっちに行くわ」

スマホでカレンダーを確認すると、おばさんの言葉を遮るように答える蒼真。

夏休み——蒼真がアメリカに行くことになった。

——ミーンミンミン。

セミの声が騒がしい中、私たちは夏休みに突入《とつにゅう》した。

今日の夕方近くに、蒼真がアメリカに飛び立つ。

スーツケースを引いた蒼真と、一緒に部屋を出る。

そしてマンションのエントランスを出ながらそう言うと、私の顔を引き寄せて。

ちゅっとキスをする蒼真。

「!!」

——『俺はいつまでも待つつもりだけど、おまえはどうしたい？』

夏休み前に言われた言葉を思い出して、ドキッとする。

「は、早く行かないと間に合わないよ!!　お土産よろしくね。おばさんたちにもよろしく」

焦りながら誤魔化すように言うと、まだ納得がいっていない表情の蒼真の背中を押す。

なんとなく、このタイミングで離れ離れってのはちょっとホッとするかも。

蒼真のすべてを受け入れるには、まだ意地を張っていたい気もするから——。

「今日もお母さんは夜勤だし、蒼真いないし夜はひとりかぁ……」

蒼真を見送って家に戻ると、自分の部屋のベッドに寝転がる。

天井を見つめていると、込み上げてくる喜びが溢れ出した。

「どうしよう……うれしいっ。夕飯を作らなくていい〜〜！　豪華《ごうか》な出前でも頼んじゃおっかな〜〜！　お母さんとふたり分♪」

キャッキャッと喜びながら、ベッドの上でごろんごろんと転がる。

──ピンポーン。ピンポン、ピンポン、ピンポーン。

突然、私の家のインターフォンが鳴った。

「え？」

な、何？

嫌な予感しかしない、このインターホンの鳴らし方……。

春斗かな？

警戒しながらドアをガチャッと開ける。

「よっ！　葵！」

「蒼真がいない間、俺たちと遊ぼ〜！」

そこには、笑顔全開の雅也と春斗がいた。

そして、ふたりの間には九段重ねの特大アイスを食べている琉生。

「……なんで」

突然のことに目を点にしている私をよそに、「おじゃましま〜す！」と言いながらゾロゾロと家に入ってくる三人。

「ちょっ、ちょっと！　三人揃《そろ》って大荷物かかえて何⁉」

焦りながら、三人に尋ねる。

「しばらくここで世話になるから、おじゃまします」

アイスを食べながら、当たり前のことのように言う琉生。

「え……？」

いまだ状況を理解できず呆気にとられていると、スマホに蒼真からメッセージが入る。

【俺がいない間、春斗だけじゃ信用できねーから、雅也と琉生をボディーガードにつけとけ。浮気《うわき》すんなよ？】

「えぇ――⁉」

私がショックで絶叫を上げているのに、そんなことお構いなしでリビングで盛り上がり始める三人だった。

そして、すぐに夕飯の時間がやってきた。

「ん～っうんめぇ⁉　葵って、ほんと見かけによらず料理うめーよな！」

ものすごい勢いで、がっついてカレーを食べる雅也。

「たしかに葵の料理は最高だけど、それは一言余計なやつ～」

雅也の向かいに座る春斗が、笑いながら雅也をたしなめる。

「雅也……その余計なことを言う口、縫いましょうか？」

ムッとしながら雅也を睨みつける。

「ひとりを満喫《まんきつ》しようとしてたのに、逆に夕飯を作る量が増えてるし」

「やば、余計に葵の機嫌が悪くなったぞ」

黙々と食べながら琉生がボソッと言う。

ふと、春斗がため息をつきながら口を開いた。

「蒼真って、葵のことになるとほんと性格が悪いよね！　俺が信用できないなんて！」

「でも、それは間違ってねーだろ！」

「雅也も信用ないけどな、違う意味で」

春斗の言葉に、雅也と琉生が突っ込みを入れる。

さ、騒がしい……。

はぁ……。一週間もこんな日々が続くなんて、まだ蒼真だけのほうがマシだわ。

心の中で盛大なため息をついた。

「俺は腹いっぱいー」

「うまかったわー。ごちそうさまー」

雅也と春斗が食事を終え、満足そうな声を上げる。

ところが――。

「葵、おかわり」

「えっまだ食べんの⁉　これ以上食べるなら、琉生は食費を払ってよ」

「え、全然足りない」

なんと、大盛五杯目の琉生。

「もうこれで最後だからね」

そうたしなめながらカレーとごはんを盛りつけ、琉生の前に置く。

――ポコン。

すると、琉生のスマホが鳴り、スマホのメッセージを確認する琉生。

「あっ、そういえば、琉生、あの子夏休みこっちに帰ってくるって！」

「あの子？」

春斗の言葉に、私は首をかしげる。

「俺がアメリカにいた時に知り合った留学生でさ、お互い日本人だったし同級生だから友達になったんだけど、偶然《ぐうぜん》にも琉生の幼なじみだったんだよ！　世間って狭《せま》いよね！」

「えっすご！　てか、琉生にも幼なじみいたんだ！　しかも留学生！」

「葵、知らなかったんだ？」

「だって琉生って謎だし！　初耳だよ」

「いいよ、あいつの話は」

雅也と私が盛り上がっていると、琉生が遮るように言ってカレーを食べ始める。

「いいって、久しぶりに帰ってくんだろ？　照れてんのかぁ？　離れ離れになるぐらいでなんで別れたんだよ！　可愛い子なのに！」

「えっ、琉生って彼女いたの」

雅也の言葉に、驚いて目を見開く。

謎に包まれた琉生だけど、彼女がいたなんて。

でも、大食いなのと口数が少なくて何を考えているかわからないのを除けば、見た目もいいし、彼女がいてもおかしくないけど。

そして、雅也が琉生と彼女の馴れ初めを話し始めた。

「もともと、その子と琉生は幼なじみで中学の時に付き合ったんだけど、彼女がアメリカの高校に行ったことで別れちゃってさ――」

へえ、幼なじみだったんだ。

私と蒼真みたいな感じなのかな。

すると、

「関係ねーだろ。雅也のそういう無神経なとこ、すごく嫌」

琉生がガタッと立ち上がって雅也を睨みつけると、一瞬にして場が静まり返る。

「……葵、ベランダ行っていい？」

「えっ、あっうん……！」

私の返事を聞いて琉生は窓を開けると、ベランダに出た。

「……どうしたんだろう」

琉生が怒ってるの、初めて見たかもしれない。

「琉生……大丈夫？」

琉生が心配になり、私もベランダに出る。

「……別に、なんでもないよ」

スマホを片手に、寂しそうに答える琉生。

嘘ばっかり。じゃあ、なんでそんな顔しているの。

「雅也の無神経さは、いつものことじゃん！　口は軽いけど悪気はないんだよ！

ねっ」

琉生の背中をバシッバシッと叩きながら、元気づけるように言う。

「別に雅也に怒ってねーよ。たしかに、いつものことだし。てか痛い」

「あ、ごめんごめん！」

「はぁ……」

私が慌てて手を引っ込めると、大きなため息をつく琉生。

たぶん元カノのことだと思うけど、「じゃあどうしたの？」って聞くのは、お節介《せっかい》になるかな？

でも、このまま放置するのは心配だし。

琉生が心配で、聞くか聞かないか逡巡《しゅんじゅん》する。

「……彼氏、できたんだって」

琉生がボソッと呟いた。

「えっ⁉」

思いがけない話の内容に、私は驚いて大きめの声を出してしまった。

って、もちろん例の元カノにだよね？

「………」

そう言って黙り込んでしまった琉生に、私は意を決してゆっくりと口を開いた。

「琉生は、まだその子のこと好きなの？　私はその子のこと知らないし……、突っ込んでいいのかわかんないけど、私でよかったら、話聞くよ？　まぁ、恋愛経験ほとんどないからマキのほうが適任かもしれないけど」

そう気づかうように声をかけた。

「……なら葵、俺のこと慰めてくれる……？」

すると、そう言って私の肩にコツッと頭を乗せてきた琉生。

「えっ⁉」

そして、私がギョッとして目を見開いた瞬間、琉生が私を抱きしめてきた。

「えっ、るっ琉生⁉」

ど、どうしよう！

雅也と春斗を呼ぶべき？

でも、あのふたりがこの状況を見たら、何を言い出すかわからない。

蒼真の耳に入るのも時間の問題だ。

ここは、やんわりと突っぱねるしかない。

そう決意した瞬間、琉生の身体が急に重くなった。

全体重をかけられて、重たい。

力が抜けちゃうくらい、ショックだったってことかな。

ところが――。

「やばい、葵……。気持ち悪い……。うっぷ……」

「えっ⁉」

私にもたれながら言う琉生に、背筋がサーッと冷たくなる。

「ま、雅也と春斗！　早く琉生をトイレまで運んで――っ‼」

トイレに運ばれた琉生は、とりあえず吐くだけ吐いたのか、その後、私のベッドで爆睡《ばくすい》していた。

妙にすっきりした琉生の寝顔を見て、「はぁ……」とため息をつき、ぐったりとした私と春斗と雅也だった。

翌朝の来栖家。

そっと自分の部屋のドアを開けると、琉生がむくっと起き上がった。

「あっ琉生やっと起きた！　お母さんが夜勤から帰ってきて寝てるから、春斗と雅也は春斗んちにいるよ！　気分は大丈夫？　水とゼリーを持ってきたけど」

「…………」

なぜか無言のままの琉生。

まだ気分が悪いのかな、と思い顔を覗き込むと――。

「ゼリーじゃ足りない……。腹減った」

そう言って、ぐうぅぅ～っとお腹を鳴らした。

「え？　食べすぎて吐いた人が、なに言ってるの！」

呆れながらも、思わずキレてしまった。

「とりあえずゼリーちょうだい」

手を差し出し、ゼリーを要求する琉生。

昨日も心配してやってるのに、意味深なことを言ってくるし……。

ゼリーを食べる琉生を見ながら、大きなため息をついた。

「まったく……。三人はボディガードとして来たんだよね!?　おかげで昨日の夜は、この部屋で雅也と春斗と雑魚《ざこ》寝《ね》だったんだよ」

琉生に小言を言う。

「葵のカレーがおいしすぎて、つい食いすぎた」

「うっ……」

そう言われると、これ以上の文句は言えない……。

「……その上、気分がモヤモヤして気持ち悪くなったのかも」

琉生って普段は何を考えてんのかわからないけど、幼なじみに彼氏ができて結構へコんでいるみたい。

──プルルル。

寂しげな琉生の横顔を見つめていたら、急に私のスマホが鳴って驚く。

急いでスマホの画面を確認すると、相手は蒼真からだった。

しかも、ビデオ通話表示になっている。

──プルルル、プルルル。

出ようかどうしようか考えていると、

「蒼真？　出てやりなよ」

琉生が気をつかって、声をかけてくれた。

「う、うん。ごめんね、出るね」

ベッド脇に座り込み、琉生に断って電話に出る。

「何？」

《あ？　なんだそのまったく寂しくもなさそうな感じは。こっちはおまえの顔が見たくて電話したってのに》

シャワー後なのか、ベッドの上に座って半裸姿で髪を拭いている蒼真。

「そ……そんな、たった数日会ってないだけじゃん！　っていうか、服を着てよ」

《俺は毎日おまえを抱いていたいのに》

「だ、抱いて……!?　そ……そんなの結構です！」

気をつかってくれているのか、なんとなく見えない位置に移動する琉生。

「用がないなら切るよ？」

《彼氏からの電話をすぐに切る女なんて、おまえくらいだぞ。相変わらず素直じゃねーな。――じゃあ切る前にキスしてくれよ》

スマホ越しに私の目を見つめて、色気たっぷりに言う蒼真。

「えっ⁉」

そんな恥ずかしいこと、できるわけないでしょ。

それに、今この部屋には琉生がいる。

琉生がいなくても、できないけど……。

《あお、ほらこっち向け》

「やっやだ‼」

顔を赤くしてプイッと顔を背けると、

《ちゅっ――》

電話の向こうからリップ音が……。

「……っ‼」

こんなの無理すぎる。

恥ずかしさから、全身が一気に熱くなった。

このケモノ、なんでこんなことができるの？

「でっできるわけないでしょ——っ!!」

恥ずかしさに耐えられず、バシッとスマホを投げつける。

《ぶはっ。ドキドキしたか？》

「もう切るっ！　とにかくお土産だけは忘れないでよね！」

《あぁ、覚えてたら適当に買って帰るわ》

「適当!?　ちゃんと真剣に選んでよね！　んじゃっ」

そう言って、一方的にスマホを切る。

あのエロ男……電話越しにキスなんて、ラブラブ真っ只中《ただなか》な恋人同士がすること
じゃないの!?

カーッと熱くなった全身を冷ますように、自分を抱きしめながら思う。

蒼真とは話すだけでも調子が狂う。

せっかく久しぶりに離れているのに、こんなことじゃ先が思いやられるなぁ。

「……ラブラブだな」

「ひゃあ!!」

背後から琉生に声をかけられ、身体をビクつかせる。

「前から思ってたけど、葵って蒼真にはだいぶ素直じゃないよな」

「ほ……ほっといてよっ」

するとと、琉生が私の横にボスッと座り込んだ。

「それって幼なじみだから？　幼なじみってそういうものなのかな」

「え……。あ、もしかして、琉生も彼女に素直になれなかったの？」

「…………」

すると、琉生は一瞬黙り込み、ゆっくりと口を開いた——。

「元カノとは幼稚園から家が隣同士で、中学から付き合うまではいったものの、子どものころから家族みたいに一緒だったから、あいつの前だと素直になるのがこそばゆくて、いつも冷たく流してたんだ」

昔のことを思い出しながら、琉生が寂しそうに言う。

「本当はすごく好きだったのに、『私のこと好き？』って聞かれると、ちゃんと答えられなかったし」

俯きながら話す声には後悔が含まれていた。

「それで、ちょうど高校も別々になって向こうも海外に行ったのもあったし、『俺の気持ちがわからない』『寂しくて不安だ』って言うから、『なら別れよう』って言うしかできなかった……」

そこまで言うと、琉生が私の肩に頭をポスッと乗せる。

そんな琉生の行動を見て、

「琉生……彼女の不安とか寂しいって気持ち、ちょっと納得かも」

「え……？」

琉生は私に恋愛感情とかないから、抱きしめてきたり肩に頭を乗せたり気軽にできるんだと思う。

本当に好きななのに幼なじみだったせいで、そっけなく流されていた彼女は、そりゃ不安になっちゃうだろうな。

だって、私と蒼真も付き合う前はそうだったから。

だから、私も琉生に偉そうなことは言えないけど。

「琉生が彼女に素直になれなかった気持ちも、私にはよくわかる。だって、今も私は蒼真に対してそうだから。でも、ちゃんと彼女と向き合う前に別れちゃって琉生は本当によかったの？」

すると、琉生が私の肩から頭を外して自分の膝をかかえながら話し出した。

「いいわけ……ないよ、マジで好きだったし。でもその時は、あいつが不安ならあいつの気持ちをラクにしてやらなきゃって思った」

そう言って自分の髪を、くしゃっとしている琉生。

「今思えば、ただ俺がもっと愛情を向けてやればよかっただけの話なんだろうけど、素直になれなくて意地も張っちゃって、たんに俺がガキだったんだよな。正直、別れたこと……すげー後悔してる」

「………」

相手に素直に向き合えなくて後悔か……。

今の私も、まさにそんな感じかもしれない。

蒼真の前で素直になれなくて、そのたびに自己嫌悪《けんお》に陥《おちい》る。

「はぁ。蒼真がアメリカ行くって聞いて、どうしてるかなって久しぶりに連絡してみたら、あっちで彼氏できたとか言うし、後悔がさらに大きくなっちゃったな」

ぼふっとベッドに頭を乗せて、寂しげに言う琉生。

そして私を見ると、

「だから葵も……蒼真にあんまり意地張りすぎんなよ」

そう言って私の頭を撫でた。

「わっ、私のことは今はいいんだよ！　琉生の話をしてるんだし」

突然話を振られて、思わず慌ててしまう。

「ほら、そういうところだよ」

「え……？」

さらに指摘《してき》され、あわあわし始める私。

──『相変わらず素直じゃねーな』

──『帰ってきたら、この間の返事ちゃんと聞くから』

さっき電話で蒼真に言われた言葉と出発前に言われたことを思い返す。

……私の場合は蒼真に素直になるのが恥ずかしいのもあるけど、蒼真とは対等でいたいっていう私の意地で、蒼真の全部を受け入れられないでいる。

蒼真が大切だと思う気持ちは本物だし、だったら意地なんて張るなって自分でもわかっている。

だけど……。

「ううう……」

どうしていいのかわからず唸《うな》り声を上げると、

「腹減ったの？　俺も」

「違うから……」

琉生の一言に、がっくり肩を落とす。

真剣な話をしていたと思ったのに、琉生の天然っぷりに苦笑いが漏れた。

そろそろ蒼真が帰国する。

もっと素直になって、ちゃんと蒼真と向き合わないとだよね……。

──数日後。

今日は、野井込大学のオープンキャンパスの日。

「あっ。葵～こっちこっち！　って、なんであんたたちも一緒なの!?」

大学前で待っていたマキが、私の後ろにいる三人に気づいて愕然とする。

「俺らも、野井込大のオープンキャンパス申し込んでたんだよ～」

よっと手を上げながらマキに言う雅也。

「そうなんだ。でもそれなら、蒼真くんも一緒じゃなくてよかったの？」

「あー蒼真は申し込んでないの。頭いいし、だいたいのところ受けられるから、私が受ける大学に行くって」

「あ、そういうこと……。蒼真くんらしいけど、そんなノリで将来を決めていいわけ？」

私の言葉に、心配そうなマキ。

「だから、さすがに蒼真の将来を無視するわけにいかないし、そのせいで私が難易度が高い大学を頑張んなきゃいけなくなっちゃって!!」

「たしかに葵、野井込大いけるんかって思ってたわ！　結構レベル高めだし」

冷やかすように言ってくる雅也を私は睨むと、

「雅也だって、いつも赤点じゃん」

負けじと言い返す。

「へぇ～。蒼真くんのために頑張っちゃうなんて、葵も成長したね。いい彼女じゃ～ん」

「じっ、自分のレベルに合う大学の中で、一番偏差値が高い学校に行けって言ってるのに、言うこと聞かないから仕方なく……」

マキの言葉に顔が熱くなり、しどろもどろになりながら慌てて言い訳すると、

「はいはい。どこから回る？　私、文学部覗きたーい」

私の首にグイッと腕を回して言うマキ。

「ちょっ、苦しい……」

「せっかくだし全部回っていこうよ！」

そして、私たちは校内へと足を踏み入れた。

「ここって学食メニューどんなかな」

「琉生は、やっぱそこかよ！　っていうか、今もパン食ってるのに」

歩きながら、雅也に突っ込まれる琉生。

大食いの琉生は、待ち合わせの時からメロンパンを食べていた。

それいったい、今日何個目なんだろう……。

そんなふたりを見ながら、春斗が何かに気づいたように口を開いた。

「あっ待って琉生！　さっき、恵麻《えま》ちゃんから昨日日本に帰ってきたって連絡あっ

たよ。琉生にも伝えてくれって」

恵麻ちゃんって、この前話していた琉生の元カノかな？

「えっ、琉生、連絡取ってねーの⁉」

すると、雅也が春斗の言葉に驚きの声を上げて心配そうに琉生を見る。

「それで今日──恵麻ちゃんもここに……」

そして、再び春斗が話し始めた時──。

「琉生……？」

ひとりの女の子が、琉生の名前を呼びながら私たちに駆け寄ってきた。

みんなの視線が、一斉にその子に注がれる。

大きな目に色白の肌、セミロングの黒髪。

誰が見ても〝清楚系〟。

もしかして、この子が琉生の元カノ？

うわ〜めちゃくちゃかわいい。

「あ……ひ……久しぶり。一時的だけど、ただいま」

女の子はそう言うと、琉生に向かってぎこちない笑みを浮かべる。

「……恵麻……」

その子を見て驚いている様子の琉生は、聞こえるか聞こえないかくらいの小さな声で彼女の名前を呟く。

「留学は高校の間だけで大学は日本の学校を受けるから、いろいろ見学しておこうと思って一時帰国したんだ。そしたら今日、春斗くんもここに来るって聞いて連絡取ってたの」

「…………」

女の子……恵麻ちゃんは琉生に話しかけるけど、琉生は無反応だった。

「あはは。相変わらず食いしん坊《ぼう》だね、琉生。メッセージを送っても返事はないし、家にもあまりいないみたいで心配になってたけど、元気そうでよかった！　あ、口元が汚れてるよ」

そう言って、恵麻ちゃんが琉生の口元に手を伸ばす。

――パシッ。

恵麻ちゃんの手を払い除けた琉生に、その場にいた全員が固まる。

ショックを受けたのか、恵麻ちゃんは顔を青ざめさせていた。

――『正直、別れたこと……すげー後悔してる』

昨日、琉生が言っていたことは嘘なの？

彼女と別れたこと、後悔しているんじゃないの？

突然のことに頭がパニック状態になる。

他人のことなのに、心臓がバクバクして冷や汗が出そうだった。

すると、琉生が私の手を引っ張り、

「……うん、あまり家にいないのは彼女のとこにいたから」

まっすぐに恵麻ちゃんを見据えて言い放った。

……え？

彼女って、誰が誰の彼女？

私を引き寄せた状態で、そう言う琉生に不安が募る。

まさか……と思い、全身の血の気が引いていく。

「ちょっと琉……っ。もがっ」

文句を言おうとするけれど、琉生に口を押さえられて言葉を発することができない。

目の前にいる恵麻ちゃんを見ると、ショックを受けている様子だった。

だけど、すぐに私をぐいぐい引っ張り始める琉生。

「行こっか。文学部だっけ。みんなも早く行こう」

そしてそう言うと、恵麻ちゃんのほうを見ることなくどんどん突き進む。

――その後も琉生は私にべったりで、私が何か言おうとすると私の口を塞ぎ、自分の彼女のように扱っていた。

恵麻ちゃん以外のみんなは……というと、琉生が何を考えているかわからず、さらに〝何も言うなオーラ〟がビンビンに出ていて、何も言えなかった模様。

　そして私と琉生以外のメンバーは、ひたすら恵麻ちゃんに気をつかっていたのだった。

「勘弁してよ!! まったく何を考えてるの!? 気まずくて大学見学どころじゃなかったよ!!」

　みんなと別れて解放された私は、マンションの下まで送ってくれた琉生と向かい合い、文句を言いまくる。

「……帰りにおはぎ奢《おご》ったんだから許して」

　そして、私が持っていた袋《ふくろ》を指さす琉生。

「そういう問題じゃないでしょ！ それにしても、なんであんな嘘をついたの？」

　私が彼女なんて、こっちも迷惑だよ。

　せめてマキにしてくれればいいのに。

「俺が……断ち切らなきゃ……、あいつには彼氏いるんだし、俺の未練のせいで困らせたくない」

　切ない顔で思い詰めたように言う琉生。

「そりゃあ……、彼女のためを思えばそうかもしれないけど……」

「勝手なことだってわかってる……。でもごめん、葵。蒼真も怒らせるかもしれないけど、恵麻がアメリカに帰るまででいいから、それまで俺の彼女でいてほしい」

すがるように私の両肩をぎゅっと掴み、声を絞り出すようにして懇願してくる琉生。

「琉生……」

私と蒼真と同じように、ずっと隣にいた幼なじみであり、好きな人であり、誰よりも大切な存在。

だからこそ、琉生は気持ちを偽ってでもこうすることにしたんだろうけど、本当にそれでいいの？

琉生の気持ちを考えて逡巡する。

その時……。

――ガラガラ……。

スーツケースを引く音が聞こえてきたと思ったら、

「……おい、何してんだよ」

まさかのタイミングで蒼真が登場して、私は青ざめたのだった。

「そ……蒼真……!? 帰ってくるの、明日じゃなかった!?」

蒼真に駆け寄りながら、そう言う。

「今はそんなことどうでもいいんだよ、ふたりで何してたんだって聞いてんだよ」

少し怒った口調で言う蒼真に、私はゴクリと唾を飲み込む。

「……蒼真……今、恵麻がアメリカから帰ってきていて、あいつがこっちにいる間、葵に彼女のフリをしてほしいって頼んでた」

隠すことなく蒼真に説明する琉生。

こ……この状況で、そんなストレートに言っちゃうの？

「………………」

そして、それを聞いて黙ったままの蒼真。

背筋に冷たいものが走る。

「……でも、ごめん葵。それに蒼真もごめん。やっぱり自分でどうにかするよ」

「え？」

「恵麻を困らせたくないからって、葵や蒼真を困らせていいわけじゃないし、あいつがアメリカに帰るまで会わなきゃいいだけの話だしな。変なこと言ってごめん」

「琉生……」

会わなきゃいいって、『正直、別れたこと……すげー後悔してる』って言ってたくらい恵麻ちゃんを想ってるくせに……。

琉生の彼女役を引き受けるのは、蒼真にとっていい気分じゃないってわかっている。

でも、琉生の気持ちって私には他人事に思えなくて……。

だからごめん、蒼真……このまま放っておくことはできないよ――。

「じゃあ、俺は帰るね」

そんなことを考えていると、琉生はそう言って私たちに背中を向けて歩き出した。

「琉生！」

「え？」

私が琉生に駆け寄ると、驚いて目を見開く琉生。

「とりあえず、私は〝琉生の彼女〟ってことでいいけど、それには条件がある！

琉生の望みどおりこのままでいいのかも含めて、琉生と恵麻ちゃんにとって、どうするのが一番いいのかってことをちゃんと一緒に考えること！」

「どうするも何も、あいつには彼氏が……」

「それはそうなんだけど、私はどうしてもこのままでいいって気にはなれないの」

「でも、そしたら蒼真は──」

蒼真をチラッと見る琉生。

すると蒼真は、

「なんとなく状況は把握《はあく》したけど、あおがそうするってんなら何も言わねぇよ」

それだけ言うと、スーツケースをガラガラと引いてマンションのエントランスへと入っていった。

思ってもみない蒼真の言葉に、呆然と固まる私と琉生。

「る……琉生、とりあえず今日は帰るね、また連絡する」

琉生にそう告げると、私は慌てて蒼真を追いかけた。

蒼真と一緒にエレベーターに乗り込むと、部屋のある三階でおりる。

「…………」

相変わらず蒼真は無言のままで、スーツケースを引く音だけが廊下に響き渡る。

き……気まずい……。

──『今、恵麻がアメリカから帰ってきていて──』

琉生の口調からは、蒼真もある程度は琉生と恵麻ちゃんの事情を知っているみたいだったし、だから何も言わないのかもしれない。

とはいえ──。

「そ、蒼真……お……怒ってる？」

恐る恐る蒼真に尋ねると、

「……そりゃあな」

引いていたスーツケースを止め、そう言って怖い顔で私を見る蒼真。

や、やっぱり怒るよね……。

「あおをあいつらに任せていったのは俺だし、琉生のこともわからないでもねーよ。でも、この状況は面白いわけないだろ。おまえに自覚がなさすぎるっつーか、やっと付き合えたってのに、俺とおまえって結局気持ちが一方通行だなって」

「自覚がなさすぎる？」

「そうだよ。俺はアメリカにいる間も頭の中はおまえのことばっかりで、早くおまえの顔が見たくて、おまえの声が聞きたくて、電話したらそれがもう我慢できなくて、だから予定より早く帰ってきたのに」

蒼真はそこまで言うと、ぎゅうっと抱きしめてきた。

「え……」

「おまえがこの間の返事をどう出すのか、もしまだ『待て』って言うならそれはそれで、おまえが幸せを感じられるのはどんな愛情表現がいいのかとか、ちゃんと恋人としてこれからふたりでどう向き合っていこうかって考えすぎて、おまえの大切さがより沁《し》みた……」

久しぶりの蒼真の体温に、甘い言葉に、おかしいくらいに鼓動が速まる。

蒼真、そんなにも私のことを考えてくれてたんだ……。

うれしくて、涙ぐみそうになる。

「でも――そういうこと、あおは何も考えてねーだろ」

「うっ……」

蒼真の指摘に、ぐうの音も出ない私。

何も……考えていないことはない……けど、仮にいつも蒼真のことを考えていたとしても、そんなの恥ずかしくて言えないよ。

かあぁぁっと顔が熱くなり、グイッと蒼真の胸を押し返す。

「そっそんなこと、私は考えてる場合じゃなかったし……っ」

そして、蒼真から顔を背けて言うと、蒼真が切なさを帯びた表情で私を見つめてきた。

「……そうかよ」

少しの間のあと、力なく言う蒼真。

「そ、蒼真……っ」

動揺《どうよう》して声をかけるけど、

「疲れたから帰るわ」

再びスーツケースを引いて廊下を歩き始める蒼真。

どうしよう、またやっちゃった……。

蒼真はストレートに自分の気持ちを伝えてくれるのに、なんで私はこういう言い方になっちゃうんだろう。

こんなんじゃ、琉生に偉そうなこと言えないよ。

頭に手を当てて反省していると、

「あれっ蒼真？　帰ってきてんじゃん！　おかえり～」

「アメリカどうだったよ⁉　土産は⁉」

背後でエレベーターが到着する音がして、春斗と琉生が現れる。

「ああ、さっき帰ってきた。疲れたから土産はまたな」

「やった！」

蒼真と雅也が、お土産の話をする中、

「葵、大丈夫だった？　琉生も変だったから心配して来たんだけど」

私を気づかう春斗。

「あ〜まぁ……うん。あ、マキたちは？」

なんて報告すればいいのかわからず、誤魔化しながら話題を変える。

「マキちゃんも恵麻も、家の近くまで送ってきたよ」

「よかった、ありがとう」

マキには、あとでメッセージを送って事情を伝えておかないとだな。

そんなことを考えていると、

「てかさ、駅前で貼り紙を見たんだけど、明後日《あさって》、夏祭りあるんだってよ。みんなで行こーぜ！」

テンション高く、夏祭りの話で盛り上がり始める雅也。

明後日……。

「明後日って葵の誕生日だよね⁉　七月三十日！」

「えっマジか⁉　じゃ、祭りでパーティーか⁉」

春斗が私の誕生日を思い出し、驚く雅也。

「そうしよ〜！　葵を蒼真に独占《どくせん》させないもんねー」

祭りで盛り上がる雅也と春斗をよそに、蒼真をチラッと見る。

やっぱりまだ元気がなさそうな顔をしている。

これって、確実に私のせいだ。

今のままなら、誕生日……どころか、夏祭りも一緒に行く空気じゃないよね……。

「夏祭りですって⁉　いいわね～。あお、その日は夕飯作りはいいから行ってきなさいよ」

いきなり登場したのは、仕事帰りのお母さん。

「おっお母さん」

「おーおばさん、仕事帰りっすか？　おつかれっす！」

「おばさん、お帰りなさいー」

雅也と春斗が、お母さんに挨拶をする。

「夏祭りかぁ～、どうせなら浴衣《ゆかた》を用意しなくちゃね！」

「えっ。ちょっ。お母さん、まだ行くかどうか……」

暴走するお母さんを焦って止める。

すると、お母さんが私と蒼真をグイッと引っ張り、声を潜めて話し出した。

「なに言ってんのよ⁉　あんたたち、こんな時くらい恋人らしいことしなさいよ！　ふたりがやーっとくっついてくれてお母さんうれしいんだから！　夜勤中のボディーガード効果かしら♡」

お母さん、なんで私たちが付き合ったことを知ってるの⁉

「‼」

私が動揺していると、お母さんはいそいそと家に向かって歩き出す。

そして玄関のドアを開けると、

「蒼ちゃんと春ちゃんの浴衣も、おばさんにまっかせなさいね！　イケメンたちの浴衣姿楽しみだわ〜！　きゃー♡」

浮かれた様子で、家の中に入っていった。

「…………」

言うだけ言って嵐《あらし》のように去っていったお母さんに、唖然とする私たち。

「葵よりもパワフルだな」

「あーなったら誰も止められねー」

「おばさん、昔から変わらないよね。じゃあ、琉生と恵麻ちゃんにも声かけとこっか。マキちゃんには葵か雅也から声かけといて」

雅也、蒼真、春斗が話し始める。

でも、ちょっと待って……。

恵麻ちゃんにも声をかけるってことは、私は琉生の彼女役で参加か……。

蒼真と気まずいままで、行く気分にもなれないけど。

雅也と春斗は盛り上がっちゃってるし、行くしかないか……。

——そして、夏祭り当日。

「葵！　誕生日おめでとー！」

夏祭り会場につくと、マキと雅也と春斗と琉生と恵麻ちゃんに、お祝いされる。

プレゼントとして目の前に差し出されたのは、綿菓子《わたがし》、かき氷、たこ焼き、リンゴ飴《あめ》。

「今日はなんでも奢ってやるぜ！」

「俺も〜！」

「私も！」

「私からも！」

「やったー！　誕生日最高！」

屋台メシに目をキラキラさせ、買ってもらったものを次から次へと平らげる。

……って、今日は呑気に祝われている場合じゃなかった。

「やっ、やぁ琉生くん！」

ギクシャクしながら不自然に琉生に声をかける。

「琉生……くん？」

不自然さ全開の私に、眉をひそめて怪訝な顔をする琉生。

そして、楽しそうに春斗と話す恵麻ちゃんを、横目でチラッと見る。

恵麻ちゃんは琉生のこと、もうなんとも思ってないのかな？

彼氏がいると、そういうものなの？

私が〝琉生の彼女〟ってことは、どう思っているのかな。

私の存在で、もしかしてふたりの気持ちが再燃する可能性があっても――。

そんなことを考えていると、恵麻ちゃんとバチッと目が合ってしまった。

や、やばい！

「えとっ……どっどうもっ、琉生の彼女ですっ!!」

言葉に詰まりながら、前のめりになって恵麻ちゃんに挨拶をする。

「どっ、どうも……っ！」

私の勢いに、驚きながら挨拶を返してくれる恵麻ちゃん。

「葵……不自然すぎ。オープンキャンパスでも会ってるし、集合場所でも挨拶しただろ。ヘタクソか」

がしっと頭を掴まれ、私の耳元で言う琉生。

「あ、そういえばそうだった」

「ちょっとあっちで話そ。すぐバレそう」

私の肩に手を回し、恵麻ちゃんから離れる琉生。

他に彼氏がいたって、もともと付き合っていたふたり。

久々に会って、なんとも思わないってことはないのでは？

そんなふうに思ったのは、恵麻ちゃんの視線を背中に痛いほど感じていたからだった。

「ここまで来れば大丈夫だろ」

「ふー」

マキ、春斗、雅也、恵麻ちゃんたちから離れ、ふたりでホッと息を吐く。

「葵、なんか食う？」

「そうだね」

そう話しながら屋台を物色していると、背後から誰かにぎゅっと手を握られた。

「きゃ！」

「え？」

思わず悲鳴が漏れ、琉生がつられて驚く。

だ、誰⁉

足を止め、焦りながら後ろを振り返ると――。

私の手を握っていたのは、浴衣姿の蒼真だった。

「蒼真……」

「そ、蒼真、どこに行って……」

姿が見えないと思っていた蒼真に、声をかけようとする。

「ねぇ～さっきから誘ってるのに無視しないでよぉ～」

すると、突然現れたひとりの女子に話を遮られた。

え、誰なの……。

そして、その子が蒼真の腕に手を回した瞬間、

「ほんっとカッコイ～」

「一緒に回ろ～～」

目をハートマークにした女子たちが、一瞬にして蒼真に群がってきた。

さっきから姿がないと思っていたら、逆ナンされていたみたい。

女子たちの勢いに呆然としつつも、さすが歩くフェロモンだわ、と思って眺めていると、

「悪ぃけど好きな女と来てるから」

そう言って、女子に掴まれた腕をパッと離した蒼真。

「えぇ～やっぱ彼女と～⁉」

「やだ～」

ショックを受ける女子たち。

彼女たちに、自分が蒼真の彼女だとバレたくない。

そう思いながら無言を貫《つらぬ》いていると、

「彼女っつーか……片想いだな、今は」

蒼真が私を見て、思いきり嫌味《いやみ》ったらしく言った。

「えーっマジ⁉　こんなイケメンが⁉」

ショックを受ける女子たち。

ヤバい……。今の顔、絶対に怒ってるよね……。

「でも片想いならチャンスあるよね～♡」

「連絡先《れんらくさき》教えてよー」

「今度、遊ぼー」

それも、女子たちは懲りることなく蒼真へアプローチし続けている。

「いや……、やっと手に入れた死ぬほど大切な女だから」

そう言うと、蒼真が私を隠すように私の前に立ち、スルッと後ろ手に手を繋がれた。

「……っ！」

心臓がバクンと飛び跳ね、ドキドキし始める。

騒がしいはずの会場の音が遠のくほど、私の心臓は高鳴っていた。

「寝ても覚めても会ってない間でさえ、頭の中はその女のことばっかで、好きすぎておかしくなるんじゃねぇかってほど愛してんだ。だから、悪ぃけど他を当たってくれ」

女子たちの前で横目で私を見ながら、はっきり告げる蒼真。

自分たちに向けられたものじゃないのに、「きゃぁぁぁ〜〜〜っ」と再び目をハートにさせて興奮し始める女子たち。

一方の私は、

「……っ」

全身が熱くなり、恥ずかしさに黙ったまま目を伏せた。

いつだって、自分の気持ちを本気でぶつけてくれる蒼真。

誰よりも正直で、嘘偽りなくて。

そんな蒼真に、あんな切なそうな顔をさせたくない……。

させたらいけない。

それなのに私は、恥ずかしいとか、対等でいたいとか思って逃げてばかりで。

そんなくだらない意地で、一番大切な存在を傷つけちゃダメだ……。

私も蒼真を想う自分の愛情と、ちゃんと向き合わなきゃダメなんだ……。

蒼真の切なさでいっぱいになった顔を思い出しながら、ぎゅっと蒼真の手を握り返す。

そんな蒼真と私を見て琉生がやるせない様子でいることに気づかないほど、私は蒼真の言葉に、温もりにドキドキしていた。

「ちぇ〜。こんないい男にここまで愛されてるなんて羨ましすぎぃ〜〜。行こ」

「あ〜あ、残念〜」

退散していく女子たちの声にハッとして顔を上げると、再び私の耳に会場の喧騒《けんそう》が戻ってきた。

素直になった、その先は

「蒼真……おまえマジで変わったな、来る者拒まずとっかえひっかえしてたころなら、あんなの適当にあしらってたのに」

琉生が驚いた様子で蒼真に告げると、

「どこの誰だよ、そんなロクでもねーヤツは」

とぼけた口調で返す蒼真。

「蒼真だよ‼」

私はムッとして、思わず突っ込む。

「俺はあおを大事にするために、もう自分の気持ちから逃げねぇって決めたから」

振り返ってそう言うと、まっすぐに琉生を見る。

面と向かってそうはっきり言われると、恥ずかしくてボボボッと顔が熱くなる。

同時に、こうやって自分に正直にまっすぐ生きられる蒼真を改めてすごいと思った。

「俺も……そんなふうに素直に気持ちさらけ出せてたら、なんか変わってたのかな」

しょんぼりしながら琉生が言う。

「私も……ロクでもないクズな蒼真の気持ちなんて絶対に信じないって思ってたけど、私がどれだけ否定しても、どれだけ気づかないフリしても、蒼真は無理やり入ってくるの。幼なじみっていう腐れ縁のせいで、今さら目を見て話すのも、胸の中をさらけ出すのも恥ずかしいけど、蒼真が何から何まで気持ちを全部ぶつけてくるから……」

これまでのことを思い出しながら、ぎゅっと蒼真の手を握る。

そして、蒼真の目を見て思う。

私も蒼真をちゃんと大事にしたい……って、それが蒼真にまっすぐ向き合うことなんだって、やっと気づけた。

「自分の気持ちと向き合わないままじゃ、どこにも進めないよね。今からだって遅くないよ。琉生が本気で向き合えば、恵麻ちゃんだってちゃんと応えてくれるんじゃないかな」

「…………」

自分に言い聞かせるように琉生に伝えると、
琉生は押し黙ったまま、何か考えているようだった。

――プルルルー。

沈黙を破るように、私のスマホが鳴り始めた。

電話の相手は春斗で、私はすぐに通話ボタンを押した。

「もしもし！　春斗？　どしたの？　ごめんね、はぐれちゃって」

《あっ葵、恵麻ちゃんそっちいない？　さっきトイレに行ったきり戻ってこなくて》

「えっ、いないけど……」

《今、マキちゃんがトイレに見に行ったらもういなかったみたいなんだけど、人が多くて迷ってんのかもしれない》

「わかった。私たちも探すよ！」

《うん、また連絡してー》

そして電話を切ると、

「恵麻ちゃんが、トイレに行ったきり迷子みたい」

琉生と蒼真に知らせる。

「え……」

琉生があからさまに動揺し始める。

すると、私たちの横を通りすぎたふたりの女の子の会話が、たまたま耳に入った。

「さっきの女の子、大丈夫かなぁ」

「酔《よ》っ払《ぱら》いに絡まれて茂《しげ》みに連れていかれてたよね……」

「誰か呼んだほうがよかったかな」

「でも、逆に絡まれたら怖いじゃん。トイレに行く時は絶対に一緒に行こうね」

女子の会話を聞いて、もしかして恵麻ちゃん⁉という不安がよぎり、三人の間に緊迫《きんぱく》した空気が漂う。

バクバクと私の心臓が嫌な音を立てた瞬間だった。

「あっ、ちょっと琉生……っ！」

私の制止も聞かずに、琉生が走り出した。

ついにふたりは

「うっ……ううううっ……」

その後、琉生と恵麻ちゃんが無事にハッピーエンドになったとメールで連絡をもらい、涙が止まらない。

「感動するのはいいけど、うるせんだよ」

大泣きしている私を見て、蒼真が呆れる。

お互いが、お互いを大事に想うあまり、すれ違っちゃってたんだね。

だからこそ、ちゃんと相手とまっすぐ向き合わないと、同じ気持ちであっても想いは伝わらないんだ。

私もいい加減、蒼真への気持ちを伝えなきゃ。

「蒼真……」

「ん……？」

「えっと……その……、す……ん……？」

ぎゅっと蒼真の浴衣を掴みながら自分の気持ちを伝えようとするけれど、何からどうやって伝えればいいのだろう。

『好き』は前に言った。

でも、もう一回言ったほうがいいの？

それとも、『好き』に変わる言葉がいいのかな。

「…………」

混乱してあわあわする私を、蒼真が黙ったまま意味深に見つめる。

その時――。

――ヒュー……、ドーン……ッ!!

頭上で花火が上がった。

「花火大会もあったの、今さら思い出したよ」

「とりあえず座れそうなとこで話すか」

「う、うん」

蒼真に手を引かれながら思う。

たぶん蒼真は……私が何を話したいのかわかっているんだろうな。

ちょうど空いているベンチを見つけ、ふたりで腰かける。

――ポコン。

蒼真のスマホが鳴る。

蒼真の手元を覗き込むと、差出人は琉生で――。

【土産、ありがと】

そういえば、お土産ってアメリカの……だよね。

「え、私まだお土産もらってない!! 私の分もあるよね!?」

立ち上がって蒼真に抗議する。

「うるせーな。そんなの今はどうでもいいだろ」

「よくないよ! それに蒼真、今日が私の誕生日ってこと忘れてない?」

「おまえと琉生のせいで、誕生日どころじゃなかったんだろーが。忘れてるわけねーだろ」

呆れ口調の蒼真。

「うっ……」

自分の誕生日を催促しておきながら、そのとおりすぎて何も言い返せない。

シュンとして肩を落としていると、

――グイッ。

突然引き寄せられた。

「それより、俺になんか話したかったんじゃねーのかよ」

すぐ目の前に蒼真の顔があり、吸い込まれそうな瞳に見つめられた瞬間、

――ドンッ……！　パラパラパラ……。

私の背後で花火の大きな音がした。

すると、蒼真が私の耳元に口を近づけてきて、

「俺は……いつもおまえに伝えてることがすべてだし、さっき言ったこともほんとで……、あおが好きすぎておかしくなるんじゃねぇかってくらい、愛してる」

「……っ」

甘い囁きが私の身体を震わせる。

ドキドキが最高潮に達して、今にも心臓が破裂《はれつ》しそうだ。

蒼真は私の耳元から顔を離すと、今度は私の左手をぎゅっと握り、

――ちゅ。

てのひらに、ひとつキスをして私を見上げた。

「だから……今以上に欲張ったら、おまえはまた『調子に乗るな』って言うだろうけど、俺は、もっとおまえからの愛が欲しい」

そう言って、まっすぐに私を見つめる蒼真。

それは、まるでプロポーズみたいで――。

思わず涙ぐみそうになるのを、ぐっと我慢する。

「……私はっ、蒼真とは対等でいたくて、負けたくないの。なのに、蒼真はこうやって愛情をさらけ出してぶつけてくるから……、勝ちとか負けとかもうどうでもよくなっちゃうくらいに、私も蒼真が好きで好きでおかしくなりそう……っ」

そして、必死に蒼真への気持ちを伝えながら、蒼真に抱きつくと、

――ヒュー……、ドーン……ッ!!

また背後で大きな花火が上がった。

蒼真の重すぎる愛情のせいで、私おかしくなっている。

だって、蒼真と心も身体も全部結ばれたいと思ってしまうなんて。

「だから……蒼真は私がまだ『待て』って言うならそれでいいって言ったけど――」

そこまで言ったとき、ヒュ――――と大きな花火が打ち上がる音が聞こえた。

そして、蒼真の耳元でこそっと正直な自分の気持ちを囁いたと同時に。

――ド――――ン……ッ!!

本日一と思われる大きな音が、耳をつんざいたのだった。

「きゃ〜!」

「すげー!」

「わあああああ!」

どよめく観客たち。

「………」

嘘でしょ……。

せっかく勇気を振り絞って言ったのに、もしかして花火の音で一番大事なところが聞こえていないかもしれないという焦りと恥ずかしさで、かぁっと顔が赤くなり言葉にならない。

まさか、肝心《かんじん》の言葉が伝わっていないなんてことある？

でも、もう一回言えと言われても無理。

「そ、蒼真……花火も終わったことだし、か、帰ろうか……」

ショックと恥ずかしさで消えてしまいたい気持ちを必死に隠し、冷静さを装って蒼真に声をかけた時。

――グイッ。

「ひゃ……っ、んっ……ん」

蒼真に引き寄せられ、唇を奪われた。

すぐに唇が離されると、蒼真はニヤッと笑っていて――。

「『やっぱ待て』は、もうなしだぞ？」

「え……？」

状況が理解できず、ぼんやりとしながらも首をかしげると、

「ずっと待ってたあおからのその言葉を、俺が聞き逃すわけねーだろ」

蒼真がニヤリとしたまま言った。

「──っ！」

ど、どうしよう、聞こえてたんだ。

ホッとしたけど、それはそれで困るような……。

どっちにしても、恥ずかしくて言葉が出ない。

「覚悟はできたってことでいいな？」

確認してきた蒼真に、全身が熱くなるのを感じながら、

「女に二言はない……っ」

そう言って私は大きく頷いた。

私は今……猛烈にこの場から逃げ出したい気分です。

心臓が、ドッキン、バックンと激しく暴れ出す。

蒼真の家の湯舟《ゆぶね》に浸《つ》かって、さっきの告白を振り返る。

『だから……、蒼真は私がまだ『待て』って言うなら、それでいいって言ったけど──』

『──よし』

たしかに、言った。言ってしまった。

花火の音に邪魔されたと思いきや、ちゃんと蒼真には聞こえていて――。

……でも、流されたわけじゃない。

蒼真の想いに応えてたいって、心も身体も結ばれたいって思った。

でもやっぱり、これから起こることを想像すると恥ずかしいものは恥ずかしい!!

いまだに蒼真との甘い雰囲気は照れくさいのに……。

かぁぁっと恥ずかしさが極限に達し、頭をかかえる。

何せ〝初めてのこと〟。

いったい、どうしたらいいんだろう。

……そういえば、私の誕生日を蒼真は『忘れてるわけねー』なんて言ってたけど、帰ってきても何も触れてこなかった。

まさか、もとから今日私を抱くつもりで、〝初体験がプレゼント〟だったら……。

蒼真のことだから、あり得るかもしれない。

――ガチャッ。

「いつまで入ってやがんだ」

なんの前触れもなく、腰にタオルを巻いてお風呂に入ってきた蒼真に目が点になる。

「きゃあああっ――!!」

驚きすぎて湯船に潜《もぐ》りそうになる。

「やかましんだよ。なかなか上がってこねぇから待ちくたびれたっつーの」

サーっとシャワーを浴びながら冷静に言う蒼真から、視線を逸らして湯舟の中で小さく体育座りで固まる。

――チャポン。

すると、視界に脚が入ってギョッとする。

まさか、一緒に入るの⁉

「お、乙女の入浴中に乱入してくるなんて、デリカシーなさすぎ!」

胸を両手で隠しながら、焦った口調で訴える。

「あおが上がってくるのを待ってたら、明日になっちまうっつーの」

余裕そうに湯船に浸かりながら、湯舟の縁《へり》に肘《ひじ》をついて言う蒼真。

「……っ」

驚きと恥ずかしさにドッドッドッと心臓が暴れ出し、言葉を失う。

「ほら、風邪《かぜ》ひくからちゃんと浸かれ」

そう言って、私の肩を引き寄せようとする蒼真に、

「やっ……っ!」

焦って抵抗する私。

「やだやだ、私だって乙女なんだから、心の準備くらいさせてよ！」

「ちょっ。暴れんじゃねー」

そして湯船で、バシャバシャバシャバシャッと攻防が始まる。

「つか、乙女ってツラかよ」

「なんだと⁉」

「いいからこっち来い」

「絶対やだ！」

私と蒼真の言い合いと、バシャバシャと水が飛び散る音がバスルームにこだまする。

「「ぜぇぜぇっ……はあっはあっ」」

どれくらいたったのか……息を切らし、睨み合う私たち。

「ぶはっ！　一緒に風呂入って、こんな乱闘《らんとう》するカップルいるかよ！」

爆笑し始める蒼真。

「こんな時でも、いつもとなんも変わんねぇな」

そしてそう言って私の額に自分の額をコツンと合わせると、また「ふははっ」と笑った。

その笑い顔は、子どものころからまったく変わっていなくて、ほんと何も変わらない。

心が結ばれても、きっと身体も結ばれても、私たちはいつでもこのままな気がする。

それが私にとって、たぶん蒼真にとっても、最高に心地いいんだ——。

「あはっ！」

蒼真につられるように、私も思わず笑ってしまった。

次の瞬間、身体が勝手に動いていた。

すっと蒼真に身体を近づけ、私からぎゅっと抱きつく。

「あお……!?」

蒼真が驚いた声を上げた。

お互いに抱きしめ合い、見つめ合い……。

——ちゅ……っ。

キスを交わす。

「んっ……っ」

「あお、もっと口を開けて舌出せ……」

「は……。そんなのわかんな……っ」

「いいか？　キスして舌を絡めて舐めて吸って甘噛みしてる間に鼻で息をしろ。先にキスの練習だな」

「………」

蒼真の指導に、ポカンとする。

何かの暗号か呪文《じゅもん》かと思うくらい、何を言っているのかまったくわからない。

「んんん……っ」

だけど、考える間もなくキスは止まることがなくて。

「ちゅ、はぁ……」

――ちゅ。ちゅく……。

さっきと打って変わって、バスルームに響くのはリップ音と私たちの息づかい。

「ちゅう……。んっ」

蒼真のキスに酔いしれてしまいそう。

お風呂場で……しかも一緒に湯船の中で……こんなに恥ずかしいことを許してしまうほど、私は蒼真が好きなんだ。

でも、なんだろう……。ちょっとクラッとする。

「は……。蒼真……っ、のぼせたかも～……」

意識が朦朧《もうろう》としてきた私は、くたっと蒼真に身体を預けて目を閉じた。

――チッチッチッ。

時計の秒針の音にバチッと目を開けて、ガバッと起き上がる。

「えっ、あれっ……私、寝てた？」

「あぁ」

隣では、怖い顔で私を睨みつける蒼真。

「……っ」

「のぼせて気ぃ失って爆睡かましてたわ。乙女もクソもねぇな」

「…………」

気まずすぎて、何も言い返すことができない。

「湯舟から上がらせて身体を拭いて、Tシャツを着せて髪もドライヤーで乾かして……」

「……はい、すみません」

どんどん小さくなりながら、蒼真に謝る私。

「あの状況で抱きついてくるから、あのまま抱かれたいのかって期待させるだけさせやがって、まさか倒れるとはな」

はぁっとため息をつき、呆れ口調の蒼真。

「あ、あれは別にそういうつもりじゃ……っ。だっていろいろ考え込んじゃった上に、蒼真が乱入してくるから……」

あわあわと言い訳していると、

「ん？」

左手に違和感を覚えた。

パッと手を広げると、左手の薬指に指輪が……。

「え……」

「らしくねぇものつけてんな」

「蒼真……、何これ嫌がらせ……？　はまってないんですけど」

第二関節に、ぎちっとはまっている指輪。

「おまえ、おはぎ食いすぎて太ったか？　指太いんだよ。せっかくの誕生石の指輪だってのに、映《ば》えねぇなぁ〜。せっかくのルビーが」

私の手を取り、茶化すように言う蒼真。

「先にサイズ聞いといてよ！」

蒼真の手を振り払うと、

「でもいいもん。こっちだとピッタリだから！」

左手の薬指から左手の小指に、指輪をはめ直す。

「はまる指があってよかったな」

「もー!! もっと素直に渡せないの!? あー言えばこー言うんだから」

文句を言うと、

——ちゅっ。

またプロポーズのように私の左手に手を取り、指輪のはまった小指にキスを落とす。

「あお、誕生日おめでとう」

そう言って、優しげに微笑んだ。

——トクン……。

その笑顔があまりに優しくて、胸の奥が甘い音を立てた。

「あ……ありがと」

さっきまでの憎たらしい態度が一変して、戸惑いながらも照れながらお礼を言う。

不意打ち、ずるすぎる。

すると、蒼真は私の左手を持ったまま、私の額に自分の額をコツンとぶつけてきた。

「これ、アメリカついた時に見かけて速攻《そっこう》で買ってた。けど、土産ってよりは誕プレだし、渡すの遅くなっちまった」

「えっ」

——『覚えてたら適当に買って帰るわ』

あんなこと言ってたくせに……。

「いつどのタイミングで渡そうかとか、おまえを抱く時、どうやったら怖《こわ》がらせねぇか……とか、風呂待ちの間になんかもう落ちつかなくて、じっと待ってられなかったんだ」

私の手を掴んだまま、いつになく弱々しい声で言う蒼真。

蒼真も緊張してたんだ――。

あのクズなケモノの蒼真が……？

――きゅん……。

いつもと違う蒼真が可愛いすぎて、胸がぎゅっと締めつけられた。

蒼真は私の両頬に手を添えると、目を覗き込むようにして話し始めた。

「おまえは俺に負けたくないって言ってたけど、俺がもうとっくに負けてんだよ。ずっと前から、俺はおまえに心ごと持ってかれてる。おまえの勝ちだぜ、あお」

「……っ」

思ってもみない言葉に、一瞬にして視界が滲み始める。

蒼真からの愛情を認めてからも、何をずっと勝ち負けにこだわって意地を張っていたんだろう。

だって今……とてつもなく幸せなのに――。

自分の震える手を蒼真の手に添えて、

「好き……っ」

涙を瞳いっぱいに溜《た》めて蒼真への想いを伝える。

「ちげーよ、あお……。愛してる——」

すると蒼真は「ふっ」と笑って、優しく微笑みながらキスを落とす。

蒼真を愛しいって思う私の心も、とっくに降参の白旗を掲《かか》げていて、お互いに負けを認めたんだから、結局私たちは対等な関係なんだ。

蒼真が私の服を脱がせながら、私をベッドに押し倒す。

押し倒された私は、心の中で白旗を掲げたのだった——。

初めての甘い夜

「んっ……。はぁ……」

ベッドで蒼真にキスをされながら、服を脱がされる。

「ちゅ。は……、ちゅ。んんんっ……っ」

はっと息を切らしながら蒼真とキスをする。

甘いキスに頭の芯《しん》が痺れているのに、恥ずかしさで涙が滲んできた。

「あお……」

「あっ」

――ちゅちゅっ。

蒼真の手と唇と舌が、私の首筋から鎖骨《さこつ》、胸元へとおりていき、おへそに向かって舌を這わせた時――。

身体がビクッとして、

「やぁ……ッ」

あまりの恥ずかしさに、ぱっと自分の口を押さえて身体をよじる。

「〜〜〜っ‼」

自分のものとは思えない声に恥ずかしくなって、全身が、かぁぁっと熱くなる。

今の、私の声なの……⁉

すると、蒼真は上体を起こすと、

「はぁ……。あお……愛してるって言って」

Tシャツを脱いで、息を切らしながら呟いた。

色気たっぷりの蒼真の仕草に表情に、ドキッとしてしまう。

「やっ、やだっ……！」

だけど、すぐに身体を隠すようにプイッと横を向く。

「あ？　おまえまだそうやって意地張る気か？」

「愛してるなんて言う高校生、蒼真ぐらいだよ！」

そんなこと、言えるわけない。

だって『好き』って言うのも、まだまだ恥ずかしいのに。

「なら、素直に言うまで全身にキスして舐め回してやる」

私の身体を上に向かせると、ガバッと蒼真が覆い被《かぶ》さってきた。

「……っ」

ちゅうっと首筋にキスされ、蒼真の指が、唇が、吐息が、私の身体を優しく撫でていき、何かゾクゾクする熱いものが全身を駆け巡る。

「はぁ……っ」

声が漏れないように必死に堪えるけど、

——ちゅ。

「んっ、あっ……っ」

太ももに口づけされた瞬間、我慢していた声が漏れてしまう。

「葵……」

はぁっと息を切らしながら蒼真に名前を呼ばれると、いつの間にか身につけていた下着がはぎ取られていて——。

「ふぇ……蒼真……っ」

泣きそうになって蒼真の頬に手を当てて名前を呼ぶと、ちゅっと私のまぶたにキスを落としてきた蒼真。

心も身体も蒼真とだけは結ばれるなんてごめんだって、あんなにも思っていた。

だけど、らしくもなく緊張したように震えながら私に触れる蒼真が……。

愛しくてたまらないっていうような目で私を見つめる蒼真が……。

そんな蒼真の仕草ひとつひとつが、どれも今までにないほどにどうしようもなく愛しくて――。

それがやっぱり悔しいって気持ちもあるけど、蒼真と全部ひとつになれて、今めちゃくちゃ幸せなんだ。

ぎゅうっと蒼真を抱きしめる。

そして、蒼真の耳元で囁く。

「蒼真、愛してるっ――……っ」

――チュンチュン。ミーンミンミン……。

次の日の朝。

「んぁ……？」

スズメの鳴き声とセミの声に、目が覚める。

「ひゃあっ！」

すーっと隣で寝ている蒼真に驚きつつ、その寝顔を見て、きゅんっ……と胸が高鳴った。

昔、お父さんが言ってくれたように、私の気持ち、ちゃんと蒼真に伝えられたかかな。

『蒼真、愛してるっ――……っ』

……うん、きっと伝えられた。

あんなこと二度と言えないけど。

昨日の夜のことを思い出して、かぁあっと顔が熱くなる。

それにしても、気持ちよさそうに寝てるなぁ。

ムッとして、むぎゅっと蒼真の鼻をつまむ。

「フガッ……、何しやがんだ、あお！」

驚いて、ガバッと起き上がる蒼真。

「幸せそうな顔で寝てるのがなんかムカついた」

ふんっと鼻を鳴らして悪態をつく。

「なんだよ、その理不尽な理由は。昨日の夜は、見たことない顔を見せて、聞いたこともない声を出してたくせに。なかなかエロかったぞ」

後ろから覆い被さってきて、思わせぶりに言う蒼真。

「きゃあああああ！　あれは私じゃないから忘れてっ」

昨夜のアレコレを思い出しそうになって、頭をかかえて訴える。

「なに訳わかんねぇこと言ってんだ、つか、初体験した翌朝なんだから、もっと乙女っぽく余韻《よいん》に浸れよ。朝から色気なさすぎ」

「蒼真とついに結ばれて幸せぇ～♡　素敵な誕生日だったァ～♡　このまま、ずっと蒼真の腕の中にいたいな♡」

ムカッとしたので、蒼真に抱きつき、わざとらしく蒼真の胸に頭を押しつける。

「どうだ、私がキャッキャウフフな女子だったら、蒼真は好きになってないでしょ！」

そう言うと、

「仕方ねぇな……、おまえが望むなら今日も一日かけて愛してやる」

ギシッとベッドを軋ませ、不敵な笑みで蒼真が迫ってきた。

一日かけて……!?

ゾッとして、なんとか回避《かいひ》する理由を考える。

「ほら、そろそろお母さんも夜勤から帰ってくるし！」

「俺んちなら何も問題ねぇ」

「私ら一応受験生だし、健全な付き合いを！」

「今さらだろ」

――『来栖の成績だともうちょい頑張ったほうがいいと思うけど』

担任に言われたことが突然頭をよぎり。ハッとする。

「そうだ、受験――っ!!」

受験のことを思い出して、ガバッと起き上がった。

あれから、あっという間に時がたち、早くも二月十五日。

放課後になり、私の教室のドアをガラッと開けて入ってきた、雅也と春斗と琉生。

「葵──今日もまだ勉強すんのか？」

「そろそろ帰ろうよ～」

「今、話しかけないでっ！」

のんびりしている雅也と春斗を、キッと睨みつける。

「ったく勉強ばっかかしてっと、蒼真が欲求不満になるぞ！　なぁ蒼真」

「……あっ？」

不機嫌丸出しで雅也を睨む蒼真。

「ひっ？　俺なんかしたか……⁉」

蒼真に睨まれ、焦って春斗に抱きつく雅也。

「葵……蒼真くんと一回した後から半年もイチャコラお預けってのは、ちょっとかわいそうじゃない？　さすがにあーなるわ」

勉強する私の耳元で囁きつつ、

「あんたたち、私らは先に帰ろ！　きっと受験が終わるまで蒼真くんは機嫌悪いよ」

雅也と春斗と琉生に声をかけるマキ。

「えーなんかあったのー？」

「男どもには秘密！」

教室を出ていったマキと春斗のやりとりが、遠のいていく。

「…………」

目の前に座る蒼真を、ちらっと見ながら思う。

だって……キスとかエッチとか……。そんなことしてたら勉強が手につかなくなる。

「うぅ……。蒼真、マキ、琉生、春斗は、野井込大は余裕で合格圏内《けんない》。私と同レベルだった雅也まで成績が上がっている。なのに、私だけこのままじゃ危ういって担任から別の大学を勧められて……。みんなと一緒がいいよ……」

震えながらひとりごとのように言うと、

――ポンッ。

蒼真の手が頭に乗せられた。

「……ありがとな……。おまえが俺のレベルに合わせて頑張ってるってわかってる。あおのそういうとこが好きだぜ」

そして、すりっと私の耳元を触りながら言う。

「蒼真……」

「だから……、少しでもおまえに触れてねぇと、もう俺どうにかなって死ぬ……」

ガタッと立ち上がり、迫ってくる蒼真。

「わ……、わがまま言わないで」

そして、ちゅっとキスされる。

「んっ……っ」

蒼真からの愛情を突っぱねることは、もうあまりしたくない。

でも、蒼真のキスひとつだけでも甘い雰囲気にのみ込まれてしまうから……。

「ケジメッ!!」

蒼真の胸を、ポンと押し返す。

やっぱり受験合格が決まるまでは、きっちりケジメをつけなきゃダメだ。

「受験が終わったらなんでもご褒美あげるから、それまでもうほっといて!」

そう言いながら、立ち上がって帰ろうとする私に、

「……は?」

唖然とする蒼真。

「キス禁止!　私に触れることすら禁止!!　野井込大一発合格!　今の私の頭の中はそれだけなの」

さらに、蒼真に宣言すると、

「ふっ。ご褒美……か」

蒼真はニヤッと笑って立ち上がる。

「わかった。ならさっさと帰ろうぜ、俺がみっちり勉強教えてやるよ」

「え……」

今の何か企んでいるような顔はなんだろう……。

「あお、今の言葉、忘れんじゃねーぞ？」

「えっ」

蒼真の企みを含んだ目を見てビクッとする。

――『受験が終わったらなんでもご褒美やるから』

「ちょっと待って……。どんなご褒美をもらおうとしてる？」

自分の発言を思い返して、不安になる。

「……それは合格発表の日にねだってやるよ」

いまだニヤッとしている蒼真に、余計なことを言ってしまったかも、と青ざめる私だった。

愛の重さ

大学受験。

それはそれは必死に勉強してしまくって、時には蒼真たちの力も借りて……とにかく頑張った。

そして、今日は合格発表。

みんなで蒼真の家に集まり、野井込大学の入学試験合格者一覧を、蒼真の部屋のパソコンで見る
「全員合格〜〜〜っ!!」

喜びの声を上げて、次々とハイタッチをするみんな。

一方の私は、

「や……やった」

一気に気が抜け、その場に倒れ込んだ。

「葵……っ！」

私を抱き起こす春斗。

「葵も受かったんだよ！　放心してないで起きな！」

マキの言葉に、ゆっくりと目を開く。

「蒼真、おまえもなんか言ってやれよ！」

ベッドに寝そべって、あくびを堪える蒼真に雅也が声をかける。

「くあぁ……。これであおが落ちてたら、毎日睡眠を削《けず》って勉強に付き合ってやった俺が報われねぇよ」

「よく頑張ったな、おめでとうくらい言ってくれてもいいじゃん！」

蒼真の態度にムッとして言う。

「受験はとっくに終わってんのに、なんで蒼真はそんなに眠そうなの」

「むはっ。朝までヤラシイ動画でも見てたんじゃねーの」

「雅也、おまえと一緒にすんじゃねー」

琉生の蒼真への質問に雅也が割り込み、蒼真が雅也に突っ込む。

「昨日の夜は、男連中で一緒だったんじゃないの？」

「え？　昨日は家にいたけど？」

春斗の返答に、モヤッとする。

だって昨日の夜……。

――ポコン。

【雅也が新しく買ったエロDVDがすげーらしいから行ってくるわ】

久しぶりにお母さんと夕飯を食べている時に、蒼真からメッセージが来ていたのに……。

「蒼真、昨日の夜はどこに行ってたの？」

「………………」

蒼真に尋ねるけど、蒼真は無言だった。

しかも、私ではなくみんなに向かって、

「合格発表の確認は済んだんだから、帰ってくんね？　俺ら用事あんだよ」

そう言ってベッドからおりると、私の肩に腕を回して引き寄せる蒼真。

「えぇっ。打ち上げとかしねーの⁉　全員合格祝おーぜ⁉」

抗議する雅也に続いて、

「用事⁉　そんなの聞いてないんだけど……！」

私も抗議する。

すると、蒼真が耳元に口を近づけてきて、

「あおが言ったんだろ？　『受験が終わったらなんでもご褒美あげるから』って」

声をひそめて言う。

げっ！　覚えてたのか……。

「ん？　そんなこと言ったっけ？」

焦って、しどろもどろになりながらとぼける。

だけど、みんな帰ったあと、さっさと着替えを済ませると、

「行くぞ」

「ちょっ、ちょっ……！　どこに連れてくつもりなの」

蒼真は私の手を引いて家を出た。

電車を降りて、目的地までの道のりを歩きながら、

「いやーこの日のためにさ、ホテル予約してあんだよ」

しれっと言う蒼真。

「え……」

ホテル？

衝撃の事実に、思わず固まる。

「どした？」

そんな私を、ニヤッとして見る。

「いくらお触りを我慢させられたからとはいえ……解禁した日に即《そく》ホテルに連れて

くなんて……信じられない」

「あーあーどうとでも言え。本当に我慢させられてたんだからな」

私が何を言おうとも、開き直った態度で私をグイグイ引っ張る蒼真。

「一回身体を許したとはいえ、私を大事にする気あるの……？」

必死に抵抗して引っ張り返すけど、蒼真はビクともしない。

イチャコラしたいなら家でいいじゃん！

なんでわざわざホテル⁉

だってホテルって言ったら……。

「……っ‼」

思わずエッチな想像をしてしまい、必死にかき消す。

このクズなケモノと恋して付き合うまで、

――『女の子なら誰だって、素敵な恋をして心も身体も好きな人と結ばれたいって思うの』

というピュアな夢を見ていた私は、心がついていかない。

あっという間にチェックインの手続きを済ませ、気づけば蒼真に引っ張られてホテルの廊下を歩いていた。

「嫌だっ！　やっぱり帰る」

ホテルの部屋の前で、蒼真の手を掴んで抵抗する。

「やかましいな。他の客に迷惑だから、とっとと入れ」

だけど、ドンッと背中を押されて部屋へ押し込まれる。

「きゃっ‼　こっこんなハレンチな場所で私に何させようと――」

すぐに、うしろに立っていた蒼真を振り返って訴える。

すると、蒼真にぐりんと身体の向きを回転させられ――。

「……わ……」

ハートのバルーンやお花でデコレーションされた部屋が目に飛び込んできて、言葉を失う。

「な、何この部屋……！　可愛い！」

思わず感激して。ばふんっとベッドにダイブする。

「何がハレンチな場所だ、ラブホに連れていかれるとでも思ったんだろ」

蒼真の言葉に、チェックイン時のことを思い出す。

それに、なんで気づかなかったんだろうって思うけど、今思えば外観だってシティホテルだった。

驚きなのが、私たちは未成年だから、きちんと双方《そうほう》の両親の同意書をもらっていたこと。

「だ……だって蒼真のことだから……」

――コンコン。

「失礼します。ご予約されてました当ホテル自慢の和菓子おはぎケーキをお持ちしました」

おはぎケーキをカートで運んできた女性スタッフが、入ってきた。

「おはぎケーキ⁉　えっこれおはぎでできてるんですか⁉」

「もち米を土台に粒《つぶ》あん、こしあんの両方を使い、オリジナルデコレーションで仕上げております。こちらのテーブルに置きますね。ではごゆっくりどうぞ」

驚いてそのスタッフに質問すると、そうと言って去っていく。

【ＡＯＩ　受験合格おめでとう！】

さらに、おはぎケーキに書かれている文字を見て蒼真に目を向けると、

「受験お疲れ」

私の頭に、ポンッと蒼真が手を乗せた。

その瞬間、じんわりと涙が込み上げてきた。

「蒼真……。蒼真のご褒美でここに連れてきたんじゃないの？　こんなの……まるで私へのご褒美みたいじゃんか……」

潤む目で蒼真を見つめながら尋ねると、

「きゃっ！」

ぎゅっと私を抱きしめて、そのままベッドに倒れ込む。

「そのつもりだけど？　毎日朝から夜遅くまで、眠気限界で気絶するまで勉強して、寝不足で学校に行って、そんなあおを一番そばで見たのは俺だからな」

そして、私を抱きしめる力をぎゅっと強める。

「蒼真……」

「……てか、今日は俺が寝不足……。ねみぃ……」

そう言うと、ふわ〜とあくびをする蒼真。

「もしかして、昨日の夜に出ていってたのって――」

「家の中だと、おまえは空気を読まずに入ってきそうだし、だったらホテルでも借りるかって。朝まで準備がかかっちまった」

「……ホテル代いくらするんだか……。ここ高そう」

「おまえと違って、お年玉は全部貯《た》めてんだよ。てか、気にするとこそこかよ」

「ひとりで飾《かざ》りつけしている蒼真を想像したら、なんか笑えるかも」

「素直に可愛く喜べねーのか」

ムッとして唇を尖《とが》らす蒼真に胸がキュンとして、思わずぎゅっと抱きつく。

──ちゅ……。

そして、私から蒼真にキスをした。

「……もっと」

唇を離すと、すぐにキスをねだってくる蒼真。

「ちゅ……。ん……」

「ふ……。はっ……んっ。んっ！　んんん……っ」

トップスのニットがめくられ、蒼真の手でブラホックがプツッと外される。

蒼真のことだから、こういう流れも想定してホテルを予約していたのかもしれない。

「あお……高校卒業して大学に行っても、俺だけ見て、俺から逃げんじゃねーぞ？」

蒼真がジャケットを脱ぎながら、蒼真のキスですっかり上気している私を見おろしてそう言う。

「……それはどーかな。新しい出会いあるかもしれないし」

「あ？」

だけど、すぐに息を整えて蒼真をギョッとさせる。

「隙ありっ！」

さらに油断していた蒼真にガバッと抱きついた。

今日はご褒美として存分にイチャコラしてやろう。

「蒼真こそ浮気なんてしたら、絶対に許さないからね！」

蒼真の上に覆いかぶさりながら、笑顔で告げる。

「俺の愛の重さ、ナメんな」

そう言って、私の唇にキスを落とした。

さらに私をぎゅっと抱きしめると、

「なんなら……、明日にでも婚姻届《こんいんとどけ》もらってきてやろうか？」

ニヤリと笑って言った。

「気が早すぎるし」

私も笑って蒼真に言い返す。

やっと蒼真の全部を受け入れることができたっていうのに、そんなこと言われたら頭がパンクしちゃうよ。

だけど、まだまだ乙女心が成長中の私にも、結婚《けっこん》とか蒼真との先の未来を考える日が来るのかな——。

蒼真の腕に抱かれながら、いつか来る未来に想いを馳《は》せた。

番外編

これからもずっと

元日の朝、新年を迎えて、私と蒼真は初詣《はつもうで》に行く準備をしていた。

昨日の大晦日《おおみそか》は、遅くまで蒼真とお母さんと一緒に年越《とし こ》しのテレビを見ていたのでまだ眠いけど、今日は親友のマキと雅也と琉生と琉生の彼女の恵麻ちゃんと一緒に、初詣に行く約束をしている。

春斗も誘ったんだけど、

「アメリカの友達から『I miss you』ってメッセージがいっぱい来ちゃって〜！　新年は両親のいるアメリカに戻るわ！　モテる男は辛いよね〜！」

と言い残して、颯爽《さっそう》とアメリカに行ってしまった。

春斗もアメリカの友達と久しぶりに再会して、楽しいお正月を迎えているといいな。

これから初詣に行く神社は、去年みんなで参加した夏祭を開催《かいさい》した場所にあって、じつは縁結《えんむす》びで有名な神社だ。

その御利益《ごりやく》なのか、琉生と恵麻ちゃんが夏祭りでの紆余曲折《うよきょくせつ》をへて、めでたく復縁《ふくえん》に成功。

めちゃくちゃ御利益のある神社だと実感している。

初詣に行ったら、気合いを入れてたくさんお願いしなくちゃ。

お母さんは元旦《がんたん》から病院の休日診療《しんりょう》の仕事があるようで、

「お正月は病院から年末年始手当が出るから、めっちゃ働いて稼《かせ》いでくるー！」

と言って、朝から私たちふたりにすごい早さで着物を着付けると、さっさと病院に出勤していった。

年明けから元気に働いているお母さんの姿を見るのはうれしいけど、働きすぎて体を壊さないか心配なので、初詣に行ったらお母さんの健康も全力でお願いしようと思う。

きっと天国のお父さんも、お母さんに「ナツコ新年早々働きすぎるなよ！　ほどほどにな！」とエールを送っているに違いない。

私が着ている着物は、お母さんが昔着ていたもので、お父さんと初めて初詣デートをした時に着たものらしい。

白地に梅と桃《もも》の花の模様が入った可愛らしい清楚な着物で、髪にも着物に合わせて梅の花の髪飾りをつけてみた。

蒼真は昔お父さんが着ていたという紺色《こんいろ》の無地の紬《つむぎ》の着物を着て、その上に羽織を羽織っている。

お父さんの着物のサイズが蒼真にピッタリなところを見ると、お父さんって背が高かったんだなぁとしみじみと思った。

着物を着て隣に立っている蒼真も見上げるぐらいデカいし、筋肉のついたいい体してるから、着物がとても似合っている。

「蒼真、それなりに着物似合ってるじゃん」

蒼真を見上げて言う。

なんとなく気恥ずかしくて、カッコいいだなんてまだ素直には言えないけど。

すると、ニヤニヤした蒼真が私を見おろして、

「あおも案外着物似合ってるぞ」

すかさず言い返してきた。

幼なじみから恋人になっても、言いたいことを言い合って、憎まれ口を叩く関係はずっと変わらない。

「おまえ、草履《ぞうり》に慣れてないから歩くのに時間かかるだろ、待ち合わせに間に合うように早めに出るぞ」

そう言って「ん」と左手を差し出してくる。

「あ、ありがと……」
蒼真の大きな左手に自分の右手を重ねると、ぎゅっと強く掌《てのひら》が包まれた。
あれから変わったことといえば、こうして手を繋ぐのも自然とできるるように
なったことかもしれない。
神社の境内は初詣の客ですでに混雑していた。
待ち合わせ場所に指定した鳥居の前で、みんなが来るのをふたりで待っているけ
ど、私たちのそばを通りすぎる初詣客の視線を、なぜかヒシヒシと感じる。
とくに、女性客の視線を痛いほど感じている。
なぜだ……と思いながら隣を見ると、女性客の視線が蒼真に突き刺さっていた。
そして、よく耳を澄《す》ませてみると、
「見て見て、あの人すっごいカッコいい！」とか「あの背の高いイケメン、超《ちょう》い
い男だよ！」という声が、あちこちから聞こえてくる。
ただそこにいるだけなのに、一際目立っているという状況にめちゃくちゃ焦って
しまう。
蒼真……着物を着て立っているだけなのにどうして……⁉
「私にはよくわからんけど……、そのダダ漏れてる色気を今すぐ抑えて！」
いつも一緒にいるから私は感じないだけで、着物を着ている分、いつもより色気

オーラが出ているのかもしれない……。

「私にはよくわからんけど……って、なんだよ。おまえに効かなきゃ色気なんて出しても意味ねーだろ。でもまぁ、無理だな……これがナチュラルな俺だしな」

飄々《ひょうひょう》とした様子でそう言うと、不敵にニヤッと笑った。

ナチュラルな俺ってなんなんだ……。こんなに女性客の視線を集めておいて、これが自然体とか怖すぎる……！

このままじゃ神社にじゃなくて、蒼真に女性の初詣客が集まってきそうで恐ろしい！

「ちょっと蒼真、ここじゃ目立ちすぎるから、待ち合わせ場所を変えるか、後ろを向くか、お面でもつけててくれない？」

恐ろしすぎて、この状況を何とかしようと焦ってそう提案してしまう。

「は？　お面って……新年早々どんな罰ゲームだよ。裸にすんぞ」

ひぃーっ！

今日は着物を着ているのもあって、一段と凄みが効いている気がする……。

せっかくお母さんが出勤前に苦労して着付けしてくれたのに、こんなところで裸にされては意味がない！

待ち合わせ場所でそんな攻防をしていると、通りの向こうから着物を着た親友が歩いてくるのが見えた。

「あっ！　いたいた葵～！　お待たせ！」

マキが手を振りながらこちらに歩いてくる。

「マキ！　こっちこっち！　混んでて待ち合わせ場所がわかりづらくて、ごめんね！」

たくさんの初詣客で溢れ返っていたので、マキに謝った。

「えっ、わかりやすかったよ！　だって葵たちのまわり、めちゃくちゃ女子たちが群がってたもん！」

やっぱ蒼真くんのイケメンオーラすごいわ～！と、マキが呑気に言っている。

私たちは客寄せパンダか⁉と叫びたくなったけど、今はそんなことはどうでもいい。

そんなことよりも、

「マキ、めちゃくちゃ着物似合ってるね！　素敵ー！」

マキは、オレンジ色に牡丹《ぼたん》と桜の模様の入った着物を着ていた。長い髪をふんわりとハーフアップにしていて、とても可愛い。

「葵もめちゃくちゃ可愛いじゃん！　すっごく似合ってる！　蒼真くんのために頑

張っちゃって〜！　さすがカ・ノ・ジョ！」

「ちがっ！　これはお母さんが……！」

マキが茶化してくるので慌てて否定しようとしたけど、そこに間が悪く雅也が登場した。

「あけおめー！　蒼真も葵もマキも着物かよ！　新年早々気合い入ってんなー！」

さすが空気を読まない男……、相変わらずデリカシーのない発言をしながら登場してきた。

だけど、いつもみたいにノー天気なフリをしながら、じつはマキの着物姿をしっかり目に焼きつけていることを私は知っている！

そして雅也も、いつもよりオシャレな服装をしておめかししていた。

きっと早くマキと一緒の記念写真を、スマホに収めたいと思っているはず。

そんなこんなしていると、

「明けましておめでとう！　もぐもぐ……」

「明けましておめでとうございます！」

琉生と恵麻ちゃんが一緒にやってきた。

琉生は新年早々メロンパンを食べながら登場して、恵麻ちゃんに「琉生ほらここついてるよ」と口元を拭いてもらっている。

いつでもどこでも何かを食べているのが、相変わらず琉生らしい。

「よし、じゃあ全員そろったし、お参りに行きますか！」

全員そろったところで初詣のお参りの列に並ぶことにした。

「俺おみくじやりたい！　大吉《だいきち》引くぞー！」

と、雅也はお参り前から気合を入れていた。

「腹減った……、おしるこ食べたい」

一方の琉生は、すでにお腹を空かせていた。

さっきメロンパン食べていたのに、どれだけ大食いなんだ。

そして、みんなで並んでいる間にもたびたび女性客の視線を感じたけど、三十分ぐらいでお参りの順番がやってきた。

お小遣いからちょっと奮発してお賽銭《さいせん》を入れて、二礼二拍手《はくしゅ》でお願い事をする。

今年もみんな仲良く元気で健康に過ごせますように。

お母さんが働きすぎて体を壊しませんように。

どうか全員大学に合格しますように。

たくさんのおいしいおはぎとの出会いがありますように。

そしてそして……これからも蒼真とずっと……。

「あお、いつまで必死に祈《いの》ってんだ、お願いしすぎだろ」

両手を合わせて必死にお願いしていると、隣の蒼真から横槍《よこやり》が入った。

人が心を込めて真剣に新年のお願いをしているというのに。

「そんなに必死になって何を願ったんだ?」

腕組みしながら私の顔を覗き込んで、ニヤニヤしながら聞いてくる蒼真には、

「絶対に教えませ——ん!」

笑ってそう言い返した。

とくに最後のお願いだけは、絶対に教えてあげないんだから。

みんなでお参りを終えたあとは、それぞれ順番におみくじを引くことになった。

どうかご利益がありますようにと願いながら、一〇〇円を入れておみくじを引いていく。

「あー、私は中吉《ちゅうきち》だったー!」

最初におみくじを引いたマキは、まあこのぐらいがちょうどいいかなと言っている。

「あっオレも中吉ー! マキと一緒だわ!」

次におみくじを引いた雅也が、ほら! と言いながらうれしそうにおみくじをマキに見せている。

「えー、雅也は大凶《だいきょう》じゃなかったんだ?」

思いがけずマキとおそろいで、テンションが上っている雅也に横槍を入れてみた。

「なっ！　縁起《えんぎ》でもないこと言うなよ！　そういう葵はどうなんだよ」

大凶とか怖すぎだろ！と言いながら雅也が聞いてくるので、自分のおみくじを開いてみる。

「あっ、す……末吉《すえきち》だった……。いや、でもいいの……これぐらいでちょうどいいの……」

大吉じゃなくて残念だった気持ちを取り直すように、自分にそう言い聞かせる。

イエーイ俺の勝ちとか言ってガッツポーズしてる雅也にイラついたけど、今日は着物を着ているので、おしとやかを心がけようと、文句を言いたいところをぐっと堪えた。

「私も末吉だったよ！　葵ちゃんと一緒！」

おみくじを引いた恵麻ちゃんが、うれしそうにそう言っておみくじを見せてくれたので、末吉でヘコんでいた気持ちがちょっとだけ救われた。

「オレは中吉だったけど、食べすぎに注意って書いてある……」

琉生が中吉なのにしょげているのを見て、みんなでどんだけ食い意地が張ってるんだよ……と呆れたけど、恵麻ちゃんに「気をつけようね」と慰められてるのを見て、ほのぼのした気持ちになった。

「さっきから黙ってるけど、蒼真はどうなんだよ」

余裕な顔で、みんなの会話を聞いていた蒼真に雅也が尋ねる。

「俺か？　俺は決まってんだろ、大吉だ」

ほら見ろ、とみんなにおみくじを見せてきたけど、本当に大吉だった……。

女性にモテまくっている上に、くじ運まで持っているとは……なんて強運な男なんだ。

そして唖然としている私に、

「あお、おみくじ交換してやるよ」

と言って大吉のおみくじを渡してくると、「あっ」という間もなく、私のおみくじを取り上げてしまった。

「ちょっと蒼真、私のおみくじ返してよ！」

蒼真は私から取り上げた小吉のおみくじを、木の枝に結ぼうとしている。

どうにかこうにか取り返そうと背伸びして頑張ってみるけど、そんな高い木の枝に結ばれてしまったら、私の身長じゃ取り返せない。

あたふたしている私を横目に、さっさとおみくじを結び終えた蒼真が、私の頭をポンポンと撫でた。

「気にすんな、みんなでおしるこ食いに行こうぜ」

そう言って私を見つめると、笑顔で優しく手を握ってくる。

「っ……！」

不意打ちの優しい笑顔に思わず胸がきゅうっとなる。

蒼真の笑顔なんて見慣れてるはずなのに、付き合うようになってからは、私に向ける視線が、さらに甘さを増した気がしてドキドキしてしまう。

おみくじが末吉だったのはショックだったけど、私のおみくじと交換するなんて、

「蒼真、せっかく大吉引いたのに……」

蒼真を見つめ返しながらそう言うと、

「俺は、おみくじを引いても引かなくても、いつでも大吉な男なんだよ」

そう言ってめちゃくちゃ自信満々な不敵な笑みを見せてきた。

蒼真の優しさはいつだって強引で、振り回されたりもするけれど、その強引な愛情にいつも救われてるってわかってるから……。ありがとうという気持ちを込めて、繋いだ手を強く握り返した。

おみくじを引き終えたあとは、帰り道にある甘味処《かんみどころ》に寄っておしるこを食べることに。

甘味処も初詣客でとても賑わっていたけれど、それほど並ばずに入店することが

できた。

外はとても寒かったので、ストーブのある温かい店内で休めるのはとてもありがたい。

みんなそれぞれにおしるこを注文して、私はおしるこにプラスしておはぎも注文した。

蒼真は甘いものが苦手なので雑煮《ぞうに》を注文していた。

琉生は、おしるこにプラスして、栗《くり》ぜんざい、あんみつを注文。

琉生……ここでもどんだけ食べるんだ。

また食べすぎて吐くのだけは勘弁してほしいと思うけど、隣で恵麻ちゃんが琉生の口を拭くおしぼりを用意している姿を見て、琉生も幸せな新年を迎えられて本当によかったと思った。

「お待たせしました〜」と、店員さんがおしるこを運んできてくれた。

湯気が出ているおしるこのお椀《わん》を両手に持ち一口食べてみると、温かいおしるこが冷えきった体に染み渡り、心も体もホッとする。

あまりのおいしさに箸が止まらなくなり、おしることおはぎを交互に食べながら、時にはおしるこにおはぎを投入して食べていると、

「おしるこもおはぎもどっちも同じ味だろ……。おまえどんだけ餅米《もちごめ》とあんこ好き

なんだよ」

蒼真が呆れたように笑いながらからかってくる。

これだから、餅米とあんこのよさがわからない男って困るのよね。見た目の美しさも食感もまったく違うし、一口食べただけで人を幸せにしてくれる最高の食べ物でしょうが！

「おしることおはぎは、まったく別の食べ物です。食べたらわかります。最高の食べ物です」

甘いものが苦手でおしるこもおはぎも食べない蒼真に、自信を持って教えてあげた。

「食いすぎて太ったら、また指輪が入る指がなくなるぞ」

蒼真がニヤつきながら、指輪がはまっている私の左手小指をスリスリしながら触ってくる。

なんか触り方が嫌らしい気がするんですけど……気のせいかな？

向かい側では、琉生がおしるこを食べてぜんざいを食べてあんみつを食べていた。

琉生がおいしそうに食べるのを、隣で微笑ましく見ていた恵麻ちゃんが、

「琉生、私の分も食べる？」

優しく聞きながら、琉生の口についたあんこを拭いてあげている。

「ありがと、恵麻もあんみつ食べる?」

恵麻ちゃんがすかさず琉生の口を拭くというふたりの仲むつまじいやりとりも、みんな段々と見慣れてきた。

「甘いもの食べたらしょっぱいもの食べたくなるよね、帰りにポテチ買って帰ろ」

まだあんみつも食べ終わっていないのに、すでにそう言っている琉生を見て、

「マジで琉生どんだけ食うんだよ!」

みんなで一斉にツッコミを入れて笑い合った。

おしるこを食べてひとしきりおしゃべりしたあとは、それぞれ解散して家に帰ることになった。

マキと雅也は帰る方向が同じなので、一緒に帰ることに。

折角なので、帰り道にある別の神社にもお参りしてから帰るらしい。

「葵、お正月は思う存分蒼真くんとイチャイチャしなよ! また学校でね~!」

他人事だと思ってマキが笑いながら冷やかしてくる。

「んなっ! マキってば帰り際になんてこと言うの~!」

めちゃくちゃ恥ずかしいからやめて~!と、叫び出しそうになった。

「そうだぞ葵、たまには素直にいちゃつかないと、欲求不満になった蒼真は後が怖

いぜ！」

雅也までなんて恐ろしいこと言うの！　蒼真の欲求不満後の仕返しがめちゃくちゃ恐ろしいことはもう十分にわかっているので、無駄に蒼真をけしかけるのはやめてほしい。

「雅也こそちゃんとマキを無事に送り届けてよね！　送り狼《おおかみ》にならないでよ！」

着物姿のいつにも増して美しいマキを送れるなんて、元日からラッキーな男だ。

「なっ、なるわけねえだろっ!!」

私の言葉に焦りながらも、しっかりとマキについていく雅也を笑いながら見送った。

琉生と恵麻ちゃんは、これから他のお店を食べ歩きしながら帰るらしい。

「じゃーな葵、おはぎ食いすぎるなよ」

いやそれ、琉生にだけは言われたくないから……！

「琉生こそ、食べすぎて恵麻ちゃんに迷惑かけないようにしなよ」

恵麻ちゃん、今日はずっとニコニコして琉生の口元拭いてあげてたけど、たまには食べすぎを注意したほうがいいと思うよ。

「私、琉生がおいしそうに食べてるとこ見るの大好きだから大丈夫！」

気づかってくれてありがとうと幸せそうに笑う恵麻ちゃんを見て、ふたりは本当にお似合いなカップルだなと思った。

「それじゃみんなまた学校でねー！」

手を振り合って、それぞれの方向に別れて歩いていく。

私と蒼真もマンションに向かって歩いていると、ピロンとスマホが鳴った。

スマホを取り出して画面を見ると、

「あけおめー今年もよろしく！ 俺はアメリカでニューイヤーのパーティナイトに明け暮れてるけど、日本に帰ったらみんなまたよろしくね！ お土産買って帰るねー！」

と春斗からメッセージが届いていた。

めちゃくちゃ陽気なメッセージから、パリピな春斗を想像して思わず笑いがこぼれる。

「アメリカのパーティナイトって、なんかすごそうだよね」

思わずミラーボールに照らされて踊《おど》る春斗を脳内で想像してしまい蒼真にそう言うと、

「そうだな、俺たちも早く家に帰って一晩中パーティナイトしようぜ」

と意味深な顔をして笑いかけてきた……。

な、何か……めちゃくちゃ嫌な予感がするんですけど……！

ぎゅっと繋いだ手がお互いの体温を分け合って熱いのに、蒼真のたくらんだ笑顔を見ると、何となく嫌な予感がして心がブルブルと震えてしまう！

ああだこうだと言い合いながら家に帰る途中、蒼真がちょっと寄り道するぞと言い出したのでついていくと、最近できたばかりのオシャレなお花屋さんに立ち寄った。

たくさんある花束の中から蒼真が選んだのは、きれいな白いユリの花束だった。

まさか私に新年のプレゼント⁉と思ったけど、家に着くまで一向に花束を渡してくる気配もなくなんだろうと思っていると、家についてすぐ、蒼真がお父さんのお仏壇《ぶつだん》にユリの花束を供えてくれた。

「蒼真、お父さんにお花ありがとう」

蒼真にお礼を言って、ふたりでお父さんのお仏壇の前で手を合わせる。

「お父さん今年も見守っていて下さい」

「おじさん今年も葵ともどもよろしく」

お父さん、今年も精一杯頑張って生き抜くのでどうか見守っていて下さい。

人生を思うように生きるって難しい時もあるけれど、蒼真と一緒ならできる気がしています。まだまだ気恥ずかしくて素直になれないことも多いけど、お父さんとお母さんがそうだったように、ずっとお互いを信じ合って何でも言い合える仲の良い関係でいられますように。

お父さんにもしっかりと新年の挨拶をしたので、これから作っておいたおせちでも出そうかなとキッチンに移動して準備する。

「あお、まだ食うのか？　さっきおしることおはぎ食っただろ」

冷蔵庫から重箱を取り出そうとしていると、蒼真が呆れたように言ってくる。

「えっ、おせちは別腹でしょ！」

せっかく数日前から準備して作っておいたので、年も明けたことだしぜひ食べたい。

「蒼真なんてさっきお雑煮しか食べてないじゃん、お腹空かないの？」

お雑煮一杯で男子高校生のお腹が満腹にならないことは、身に染みて良くわかっている。

「俺は、おせち料理よりもっと食べたいものがあるからな……」

すっかりおせち料理の準備に気を取られていた私は、背後に蒼真が迫っていることにまったく気づかず、不意に後ろから抱きしめられてビックリする。

「きゃっ!!」

驚いておせちの入った重箱を落としそうになり、せっかく苦労して作ったおせちを落としてなるものかと重箱を持つ手に力を込める。

「あお、俺の食べたいものわかる？」

そんな私に構わず、蒼真がぎゅっと抱きしめる腕に力を込めながら、耳元でセクシーに囁いた。耳元で囁かれて背筋がゾクゾクするけど、両手で重箱を持っているから抵抗できない。

「ちょっ、ちょっとやめてよ！　正月早々何するつもり⁉」

私が抵抗できないのをいいことに、調子に乗った蒼真が、ちゅっちゅっと首筋にキスを落としながら、あやしげな手つきをしようとしている。

「お……お正月からハレンチな～‼」

せめてもの抵抗に、そう大声で叫んで蒼真の腕から逃げようと必死に抗うけど、バカ力の蒼真には全く敵うわけもなく……。

たとえ自分は守れなくても、おせちだけは守らなくては！　と変な使命感に燃えながら、仕方なく重箱を持ったまま大人しく蒼真の腕の中に収まる。

「正月になったことだし、あお……姫始《ひめはじ》めしようぜ」

大人しくなった私の耳元で、蒼真がさっきよりさらに色っぽい声で囁いてくる。

「ひ、……姫始めってなに？」

だけど、姫始めの意味がまったくわからない私は、本気でポカンとしてしまい、後ろにいる蒼真に問いかけた。

「ググれ……!」

蒼真が呆れたように言うけど、本当に姫始めの意味がわからなかった。

ひとまず両手に持っていた重箱をテーブルに置き、急いで自分のスマホを手に取って『姫始め』を検索してみる。

マジで姫始めって何?と思って必死に検索している間も、蒼真が私の髪をくるくると指に巻いて弄《もてあそ》んでいる。

「ちょっと気が散るから止め……、あっ、あった! 姫初め!」

蒼真の髪くるくる攻撃《こうげき》にも負けず、やっと姫始めを見つけて、どれどれと意味を読んでみると……。

はじめに【正月に柔らかく炊《た》いた飯を食べ始める日】と書いてあった。

それっておせちだけじゃなくて米も一緒に炊けってこと? やっぱり蒼真お雑煮だけしか食べてないからお腹が空いたってことなのか?と疑問に思いつつも、スマホの画面をスクロールしていくと、その次に【その年に初めて女性と交わることを指す】とも書いてあった……。

「キャーいやあああ! なんでそんな言葉ばっかり知ってるのぉ!」

米を炊くほうが断然良いに決まってるでしょ!と思って蒼真のほうを振り返って

言うと、

「受験勉強だけでいっぱいいっぱいのあおと違って、俺は幅《はば》ひろーく勉強してんだよ」

そう言って、企みを含んだ顔でめちゃくちゃセクシーに笑った。

「じゅ、受験が終わるまでキスもお触りも禁止って言ったの忘れたの⁉」

このままでは、受験に集中するためにケジメをつける約束が破られてしまう！

「キスはしてないだろ。でも、正月ぐらい葵に触れたい」

眉尻《まゆじり》を下げて困ったような切なげな表情で懇願するように言われると、胸がぎゅっと掴まれたように苦しくなって、ついお正月ぐらいは特別に許してもいいかなと思ってしまう。

蒼真の思惑《おもわく》どおりになるなんて悔しいけど、私だって本当は蒼真に触れたい。

「キ、キスだけだからね……」

それ以上したら絶対許さないからね！と、念のためクギを刺しておく。

「わかった……」

頷いた蒼真がしたり顔でニヤっと笑うと、着物姿のまま私を軽々とお姫様抱っこして、寝室の方向に向かって歩き出した。

「ちょっ！　約束破ったら針五千万本飲ますからね！」

指切りげんまんして約束したわけじゃないけど、焦って大きな声で叫ぶ。

「いやそれ、多すぎんだろ……」

フハっと笑いながら、蒼真がめちゃくちゃ楽しそうに私を抱いて歩いていく。

蒼真にお姫様抱っこされながら、こんな毎日が今年もこれから先もずっと続きますようにと心から願った。

そんな私の気持ちを見透《みす》かすように、蒼真が私の瞳をじっと見つめると、

「あお、今年も来年も再来年も、未来永劫《えいごう》に愛してやるよ」

そう言って、いつもの傲岸不遜《ごうがんふそん》な笑顔を見せてくる。

私も今日初詣で願ったように、蒼真に素直な気持ちを伝えたい。

「わっ私だって愛し……んっ」

恥ずかしさを堪えて伝えた愛の言葉は、蒼真のキスに塞がれて奪われたけど、こうやって蒼真の強引な愛に素直に流されて生きていくのも悪くない。

今年も私たちらしい相変わらずな日常を送れますようにと、蒼真との熱いキスに溺れながら強く願った。

【蒼真side】


葵を抱き上げて寝室に運んだあとは、二人して着物を脱ぐのに悪戦苦闘した。

男なら着物を脱がせる時に一度は夢に見る〝帯回し〟をやりたくて、葵の着物の帯を引っ張ってくるくると回して脱がせて遊んでいたので、着物を脱ぎ終わって畳む頃には二人して疲れ果てていた。

そのせいか、葵は服に着替えて「ちょっと休憩させて！」と言ってベッドで横になると、そのまま眠ってしまった。

また無防備にスヤスヤと俺の前で寝やがってと思うけど、数日前からおせち作りの準備を頑張っていたのを見ていたから、大人しくこのまま寝かせてやろうと思う。

受験勉強に集中したいからと禁止されていたキスも久々に堪能できたことだし、これでまた受験が終わるまでは俺も頑張れそうだ。

ご褒美をくれる約束を忘れんなよと思いながら、寝ている葵の頬をプニッと押す。

おはぎを食ってる夢でも見てるのか、幸せそうに寝ている葵を見ると、これからもずっとこの笑顔を守りながら、一緒に人生を生き抜きたいと強く思う。

今年も来年もこれから先もずっと、葵と一緒に過ごせる幸せを噛み締めながら、葵を抱きしめて眠りについた。

Fin.

やっ
もう終《お》わり！
終《お》わり──っ！
ピーッ ピーッ
小説版限定《しょうせつばんげんてい》
☆描《か》き下《お》ろし漫画《まんが》☆
初体験後《はったいけんご》の余韻《よいん》を楽《たの》しむのと受験勉強《じゅけんべんきょう》
どっちが大事《だいじ》だよ
受験勉強《じゅけんべんきょう》!!
ガバッ
りょーかい
んっ
ちゅ
ピクッ
ッ…
んン…っ

んぁっ
やぁ…っ
やだっ
いっぱい変《へん》な声《こえ》出《で》る…!
ぺろ…
あおにはこっちの勉強《べんきょう》も必要《ひつよう》だろ
!
かぁあっ
ゴッ
「ぺろ…」じゃねー!!
この後半年以上《あとはんとしいじょう》もおあずけをくらう蒼真《そうま》なのであった――

あとがき

初めまして、吉田マリィと申します。

この度は、数多くある作品の中から『クズなケモノは愛しすぎ』を手に取って下さり、本当にありがとうございますありがとうございます！

この作品は『ＬＯＶＥ☆ＬＩＦＥ』という小説が原作になっているのですが、漫画家の小森りんご先生に『クズなケモノは愛しすぎ』という新タイトルに変えて、電子コミック誌『ｎｏｉｃｏｍｉ』で漫画連載していただいておりました。

漫画版ではりんご先生が考えて下さったオリジナルエピソードをたくさん盛り込んで下さり、原作の何万倍も面白い内容にバージョンアップしていただけました。

そしてこの度、原作小説よりパワーアップした漫画のクズケモを、再度小説に書き起こすという夢のような機会をいただきました。

始めは私の頭の中だけにあった物語が、小説になりそして漫画となり、小森りんご先生はじめ、本書の制作に関わってくれた方々によって、どんどん面白くバージョンアップして行く様子を目の当たりにして、きっとわらしべ長者もこんな気持ちだったに違いない！と、わらしべ長者の気持ちを追体験することができました。

小説から漫画へ、そして漫画から小説へと、一つの作品を何度も焼き直していただける機会をいただき、まるでリメークされた映画を何度もリバイバル上映で見ているような幸せな気持ちでいっぱいです。

読んで下さる皆様も、ぜひ主人公の葵に自分を重ね合わせ、女子なら一度は夢に見る、イケメンに迫られまくる気持ちを共有しながら読んで下さったら嬉しいです。

原作小説を漫画化したり再び小説化したりするに当たり、とても過密なスケジュールの中、多大なるご尽力をいただいた小森りんご先生、いつも応援して励ましてくれる友人たち、そして、クズケモを読んで下さった皆様、この作品に関わって下さったすべての方々に心より感謝申し上げます。

『クズなケモノは愛しすぎ』が誰かの心を楽しませ、束の間の癒しとなり、現実から離れてリフレッシュするための〝お薬〟となれたら、こんなに嬉しいことはありません。

この本を読んで下さったすべての皆様、人生の一時を「クズケモ」に分けて下さり、本当にありがとうございました。

二〇二四年一月二十五日　吉田マリィ

吉田マリィ（よしだ　まりぃ）

栃木県生まれ東京在住。想像したり妄想したり制作したりすることが大好きです。趣味はAIで作成した自分好みのイケメンを曼荼羅にすることです。まだ見ぬイケメンを日々探究中！(ﾟДﾟ)

小森りんご（こもり　りんご）

大阪府在住の漫画家。電子コミック誌『noicomi』にて、『クズなケモノは愛しすぎ』を連載（スターツ出版刊）。紙コミック単行本は3巻、電子コミック単行本は6巻まで好評発売中。

吉田マリィ先生へのファンレター宛先

〒104-0031
東京都中央区京橋1-3-1　八重洲口大栄ビル7F
スターツ出版（株）　書籍編集部気付
吉田マリィ先生

本作は二〇一一年十月に小社・ケータイ小説文庫『LOVE☆LIFE～幼なじみレンアイ～㊤』として
刊行された作品に、一部加筆・修正したものです。

クズなケモノは愛しすぎ

2024年1月25日　初版第1刷発行

著者　吉田マリィ

発行人　菊地修一
構成協力&イラスト　小森りんご
デザイン　フォーマット　栗村佳苗（ナルティス）
カバー　北國ヤヨイ（ucai）
ロゴ　ムシカゴグラフィクス
DTP　久保田祐子
発行所　スターツ出版株式会社
〒104-0031
東京都中央区京橋1-3-1 八重洲口大栄ビル7F
出版マーケティンググループ　[TEL]03-6202-0386
（ご注文等に関するお問い合わせ）
https://starts-pub.jp/
印刷所　株式会社光邦

Printed in Japan
ISBN 978-4-8137-1531-3 C0193